路過你的時光漫漫

傷秋

絢君〔作品〕

【推薦序】

最初吸引我的注意力的是原本的書名《單戀日記》，還記得當時以為這會是一個女孩倒追男孩的奮戰故事，但完全不是這樣。

絢君的文字優美，許多感情情節都讓人瞬間難過到窒息，在這本書裡，沒有灑狗血的劇情，也沒有荒唐的奇蹟，我看到的是一段很真實的情感。

李如瀅的感情深刻雋永的，在喜歡的過程，一路跌跌撞撞，從最初全心全意地栽入，甚至喜歡到丟失自我，到最後從這段感情中冷靜下來，找回了勇敢，說出了自己的喜歡，那一刻，李如瀅已經替自己的單戀日記開出了新篇章，她能繼續朝著自己的人生道路前進，她會成為更好的自己，因為她成長了。

「不是妳的就不要奢求。」這是某個片段裡面出現的句子，我覺得這句話簡直一針見血，單戀就像是搭乘上了一輛不知何時會到達終點的火車，有人中途便提早下車，有人一輩子都在這輛長途火車上，也有的人中途在停靠站下了車後，最終還是抵達了最初的終點站。比如本書的女主角李如瀅。

單戀是苦澀的，但很多時候那種心情只有身在其中的人才會明白，而我也認為這個故事不只是屬於李如瀅和文胤崴的單戀日記，更是屬於曾經偷偷在心裡藏著一個人的每個女孩或男孩的單戀日記。

在單戀的道路上，有的人選擇勇敢一回，有的人先選擇了守住秘密，就和李如瀅一樣，即便如此，每一段愛情，哪怕是單戀，也是值得我們去驕傲，去記錄的一件事。

《路過你的時光漫漫》是一個很好看的故事，希望能讓更多人看到，一起喜歡上這個故事，同時我也期待能看到絢君未來更多的作品。

盼兮

目次

CONTENTS

楔子

2012年5月1日

　　這是這本筆記的第一篇日記，說實話，我很想寫點具有紀念價值的事，能夠讓多年後的我一翻便能會心一笑，想破了頭，腦袋裡浮現的卻依舊是早上那個傢伙一臉得瑟的樣子，臭屁地說：「爺可是文藝骨幹呢！」然後搶走我的筆記本，逕自在封面寫下「李如瀅」三字。

　　我沒有告訴他，那個瞬間自己多希望有一臺相機能拍下陽光下，他側頭認認真真地寫下我的名字，難為了好時光。然而我相信，多年後回憶起這個人，總能清晰地想起他的表情，他那不安分翹起的幾根頑皮髮絲，我有永遠弗諼的自信。

　　是從何時開始注意起他的呢？

　　也許是第一次見面時，他操著幹練的北京腔，落落大方地說：「我叫文胤崴，趙匡胤的胤，山字頭作一個威風的威。」

　　也許是甫來臺灣就用精深的數理知識震懾全班的霸氣，卻在看見注音符號和臺灣史地時抱頭大叫。

　　也許是他迎著夕陽餘暉，笑臉盈盈地朝我說：「一起上翰青吧！咱倆以後好作伴，然後一起稱霸翰青！」

　　也許是每晚看見對面窗子燈火通明，奮筆疾書，偶而當我預習高一數理時，能聽見他朝我喊：「喂！教一下這題吧！」

　　也許是那個春雨夜晚，不願面對父母即將離婚的我憤而離家出走，得知消息的他立刻撐把黑色大傘出現在我的面前。同樣父母離異而隨母親改嫁來臺的他以過來人的身分，告訴我：「父母離婚不可怕，讓兩個不愛了的人互相折磨一輩子，那才可怕。」然後輕輕撫摸我的頭，說：「不用害怕，我會陪妳度過的。」

原來，墜入愛河果真是猝不及防的。

青春之於我就是那個初春午後，陽光灑落樹影，在你的背後剪影。

好友徐以恩每次見我津津有味地把一本小說從頭到尾看完，總是忍不住說：「要是我就先翻結局跟作者後記了，我實在受不了這麼漫長的等待。」

十五歲的李如瀅獻出了第一份戀心，可是我不急著知道結局。

故事還長，我很享受走馬看花一步步走向結局的過程，多麼繽紛，多麼燦爛。

多年後看見這篇的妳，不曉得妳知道故事結局了沒，啊，可別來少女漫畫那招從未來寫信過來啊！

我還在享受這個過程，而希望妳在看這本日記時能憶起這些美好記憶，可別嘲笑我，別忘了這也是過去的妳，請妳一笑置之，要是有什麼不愉快的事也請妳笑著原諒，我相信現在的妳足夠成熟，能夠原諒過往所有的笨拙。

那麼，開始這場回憶之旅吧！

第一章　蘋果

秋天來了。

夜風輕輕拍打窗子，拂過桌曆，「2013年9月」的字樣晃動著，我被風吹得有些不耐，便伸手準備關窗，剛觸及窗子，便看見對面窗口的少年正在低頭寫字。

我停下了動作，低頭看桌上的美術作業，塗了又改，改了又塗，一顆蘋果被我畫得骯髒不堪，我嘆口氣，我果然沒有藝術細胞。

再抬眼看一眼對面少年，我不服輸地翻頁，落筆，臨摹他低頭寫字的模樣，追了這麼久，我有闔眼就能勾勒出他的輪廓的自信。

我迅速地描繪他的面容，一對劍眉，一雙充滿幹勁、總要與人較勁的眼神，他認真時抿起唇的模樣……

不一會兒，那張熟悉的容貌躍然紙上，我忍不住揚起嘴角，果然比蘋果來得簡單。

「李如瀅！」他忽然喚我，我嚇得趕緊收起美術作業，忽然想起他根本不會知道我在做什麼，便覺自己這樣有些好笑。

我若無其事地答：「怎樣？」

「沒什麼，就只是想知道妳在讀什麼，會不會威脅到我跟蘇墨雨的地位。」他笑說。

我忍不住笑，隨口答：「沒什麼，量子力學而已。」

「量子力學？」他誇張地叫：「妳一個文科生讀什麼量子力學？」

我沒有理會他，而是輕輕地將美術習作收進書包，然後朝他喊：「文胤崴！我先睡了，你也早點睡吧！」

文胤崴聞言，也沒有多說什麼，便「嗯」一聲，「晚安。」

我沒有留戀，輕輕地關上窗子，只留一個小縫通風，卻在關窗的那一刻多看了他幾眼。

是在算數學嗎？為什麼眉頭擰得那麼緊？

我甩甩頭，遺忘這些問題，關燈上床，進入夢鄉。

隔天一早洗漱完，我從書架上拿出《4500核心單字》，認認真真地背等會兒早修週考範圍，一背就忘記時間，等回神時已是六點半。

「李如瀅！上學要遲到了！」爸爸焦急地喊，惹得我更加緊張，迅速地把課本、文具放進書包，換上制服，梳頭紮起馬尾辮，拎起書包就往下跑，向爸爸道別後就推開家門奔出去。

一關門就見文胤崴倚在柱子旁，看見我姍姍來遲便忍不住奚落：「不是比我早睡嗎？妳是考拉啊？」

我思考一下什麼是考拉，這才憶起是大陸音譯的無尾熊，沒好氣地睨他一眼，「等一下要考《核單》，我一背就忘了時間。」

他沒有理會我的辯解，拉著我的書包背帶就跑。

臺灣的秋天並不明顯，要不是昨天餐桌上多了秋刀魚，我實在分辨不出初秋與盛夏間的差別。

下校車後我依舊戴著耳機默背英文單字，深怕等會看見考卷腦袋一片空白，非得要把所有字母狠狠刻進腦袋裡似的。

當我在默念永遠記不起來的environment時，文胤崴突然停下了腳步，我的鼻樑就這麼撞上他的後背，疼得我眼淚都要流下來了。

我摘下耳機，想要罵他幾句，正要開口他就轉頭朝我笑，指著左邊說：「學校換紅榜了，都過了一個暑假才換，翰青的行政效率果然不高。」

我轉頭一看，這次結果果不其然，又是蘇墨雨第一，文胤崴第二，緊緊挨在旁邊的便是我。

「哎呀！李如三尚須努力呀！」文胤崴露出慧黠的笑容，揶揄我。

我斜睨他一眼，沒好氣地說：「二爺不也是應該繼續努力嗎？」

他沒有理會我的抗議，自顧自地說：「可要是妳考得比我好，我可不想剛好跟在妳的屁股後面，這樣把我們的名字看下來，不就變成『淫威』了嗎？」

我忍不住笑，又在胡說八道什麼啊？

我笑著捶他一拳，「要也是我考第一名，蘇墨雨第二，再來輪到你。」

他吃痛，誇張地叫了聲。

我嘿嘿笑說：「對不起。」但絲毫沒有悔改的意思。

我盯著紅榜上緊緊挨在一起的兩個名字，不知怎地，心情特別好。

「不過妳去了文組，搞不好真會考第一名。」

文胤崴突然說，明明是句輕描淡寫的話，我卻不知該如何搭茬，想了許久該怎麼答，最後還是輕輕地說聲：「噢。」

連我自己也不曉得怎麼了。

社會組的生活確實快活，不少人覺得都是書讀得不好的人才會去社會組，所以在高一最後選類組時，班導趁著下課時間把我找去走廊上問話，非要遊說我去自然組。

「妳的自然科也不差啊！為什麼就是想去社會組呢？」班導垮下臉，眉毛還皺成了一個倒「八」字，一個中年，髮線都往後退的男人此時此刻看起來特別地疲倦，好像我是壞學生似的。

我緊緊揪著剛才班導退還給我的選組單，咬著怯生生的聲線，堅定地說：「我想選社會組，待在自然組太無聊了。」

下課的走廊上人來人往，我的音量並不小，頓時半個走廊的人都在看我，因為老是考全校前三名，我在學校的名氣也不小，顯然有人認出我就是李如瀅，跟旁邊的同學竊竊私語，還不忘偷瞄我幾眼，顯然是盼著我失敗，抑或因為我選文組自己選理組而心生優越感。

我沒有因此而遲疑，而是依舊注視著老師，好像要把他的眼睛穿出一個洞。

老師鬥不過我的執著，只好嘆口氣，語氣疲憊，「那就去社會組吧。」說完便示意讓我離開，我也沒有戀棧的意思，迅速轉身回教室，臨行前聽見了他低低地說：「不聽老人言，吃虧在眼前，以後就不要後悔。」

進到教室以後我放下書包，環顧班上同學睡眼惺忪，卻依舊費勁地背單字，然後從容地拿出早餐來吃，我曾把這個行為告訴國中好友徐以恩，她憤慨地罵我沒良心，最起碼要裝出臨時抱佛腳的樣子啊！

我一邊啃早餐一邊看白板上學藝股長抄寫的功課清單，看見美術作業今天就要交便從書包裡拿出美術習作，一翻便翻到昨天速寫的文胤崴的畫像，忍不住揚起得意的笑容。

「如瀅！」

一聽見叫喚我的聲音，我立刻闔上習作，把它塞進抽屜裡，轉頭故作鎮定，看見來人是張文茜便鬆了口氣。

張文茜把手機遞給我，笑指著螢幕上的十二個少年，說：「我昨天又看了一次EXO的MV了！妳看這個地方帥不帥？」

張文茜和我高一就同班，新的班就只有我們兩個原本就同班，再加上我們有相同的興趣——追星，自然就處得不錯，偶而我們還會以妯娌相稱，因為喜歡的是同一團。

高一時韓國男子天團EXO用一首〈狼與美女〉風靡全班純情少女，此後我們班上女生的對話就繞不開EXO了。

「啊！我好喜歡校服風格，我們伯賢實在是太可愛了！」

「我好喜歡燦烈的RAP啊！」

「MV裡鹿晗那個轉身真的看得我小鹿亂撞！」我敲擊著胸口，喜歡了EXO幾個月，整天遭到文胤崴白眼，還記得前幾天專輯寄到時，我的臉貼在鹿晗的寫真照的樣子恰恰好被剛打球回來大汗淋漓準備去洗澡的文胤崴撞見，只見他一臉茫然，好像看見了痴漢，然後非常「體貼」地拉上窗簾。

喜歡偶像的心他怎麼可能會懂啊！

「依我看啊，妳心頭那隻小鹿大概一直朝鹿晗那撞吧！」

我笑得花枝亂顫，直點頭，好個比喻，這樣也能扯到鹿晗。

要是文胤崴看到這畫面鐵定會搖頭嘆氣，嘆本校第三名已淪陷於韓流之中。

瞅見我們一大早就在討論迷妹日常，林書榆馬上就走到我們身旁，笑說：「都要考單字了還聊哥哥們。」

林書榆的聲音很細很柔，和張文茜這種大姐頭氣勢完全不一樣，她原本在十七班，跟文胤崴同班，因為開學時看見我跟張文茜兩個人在分享代購的EXO周邊，就跑來跟我們搭話，後來我們三個就常聚在一起，只是林書榆還與我們倆有些生疏，老是一副放不開的樣子。

「妳不也是嗎？還敢說我們。」張文茜訕訕地撞了林書榆一下，林書榆也跟著不好意思地笑了起來。

噹——噹——

早自習鐘聲毫不客氣地終止了我們的對話，英文小老師邊整理考卷邊走進教室，我們只好各自回到各自的座位上等待考卷發下來。

考的內容基本上都是我背過的單字，就連閱讀測驗也是單字書裡的課文，我連考卷上的文章都沒看就直接作答，不出五分鐘就寫完卷子。

我輕吁一口氣，解決了例行公事，抬頭看見白板上的「交美術作業」五字，這才想起剛才還沒整理完作業。

我從抽屜裡拿出美術習作，隨意翻了幾頁，又是這張畫像，我很慶幸剛才沒有讓張文茜、林書榆看見這張畫，否則他們鐵定會問個不停。

我還不想讓任何人知道這件事，每個人都有屬於自己的祕密，至少這件事我目前只想細細地用日記記錄下來，不用任何人來品頭論足。

那麼這張畫就沒有給人看見的理由了。

我從筆盒中拿出尺，對準邊線，小心翼翼地把它撕下來，然後收進書包裡的資料夾裡。習作裡頓時只剩下那顆髒兮兮的蘋果，我盯著蘋果，實在不怎麼好看，於是又抹了幾筆，可惜依舊沒有好轉的趨勢。

唉。

除了嘆息我也不知道該怎麼辦了。

當我苦惱該怎麼解救這幅畫時，下課鐘聲已經領先我的思緒響起了。

「考卷往前收。」英文小老師喊。

美術小老師似乎是想起了自己的職責，忙站起身，跟著喊：「美術習作也由後往前收哦！」

我只好任由這顆髒蘋果攤在桌上任人觀賞，坐在最尾的吳睿鈞過來收我的作業時還多看了幾眼，然後看起來憋笑憋得很辛苦，最後憋不住才說：「李如瀅，沒關係，會讀書就好了，畫畫這種事交給美術班吧！」

我白了他一眼，然後把英文考卷扔給他，他接過考卷以後也沒有立即離開，而是拿出自己的卷子來對答案，發現幾乎跟我答案一樣後就鬆了一口氣。

「我還是不敢相信自己跟全校第三名同班，這樣才能好好對答案，可是妳沒去自然組真的很奇怪耶！」他說。

我被這個問題給問得說不出話來，只好擺手要他快滾。

看他悻悻地離開後，我才手撐下巴，原本的好心情都被這段話給毀了，就像那顆髒蘋果，怎麼也修不好。

這段時間以來，待在新的班級，逢人便要解釋自己為何要選文組，實在有些疲憊。

我選文組的原因不也跟你們都一樣嗎？對理科厭倦了，正好文科比理科好。

班導是個國文老師，對我們說的第一句話便是「我們學校社會組的學生常犯的通病就是不喜歡追根究柢，冀望老師給出正確答案，然後背起來就好，可是學習不該是如此的……」

講得我都懷疑選文組真的是好選擇嗎？為何非得要把同為翰青優秀學生的人列為黑五類呢？

我拖著疲憊的身軀，下樓等文胤崴一起回家。

只見他和蘇墨雨還有幾個我不認識的人有說有笑地走下樓，看來這傢伙已經在新班級混得風生水起了。

他看見站在榕樹下的我，便轉頭對旁邊同學說了幾句，惹得他們哇哇大叫，直說：「胤崴艷福不淺！」

我臉突地紅了起來，心底卻漾起一波甜蜜。

「不要亂說！她是我鄰居！」文胤崴氣急敗壞的一句話便把我打回原形了。

他不理睬身後朋友們的怪叫，拉著我的背包就跑。

「快點啦！等一下就趕不上校車了！」

邁開步伐，我直勾勾盯著前方少年寬闊的後背，這張後背我有多麼熟悉呢？也許閉起眼睛也能描摹出來吧。

我們總算是趕上校車，但是來得太晚，已經沒有座位了，只好站著，看著窗外好幾個迷茫的高一新生，忍不住笑了出來，想當年我和文胤崴也為了校車苦惱了好久。

也許是因為開學還沒有多久，我們沒有讀書的意思，兩人就打開話匣子聊新班級新生活。

「我們班不知道為何，聚集了各路好手，可能是二類人比較少吧！搞得我壓力很大，唉！」他故作愁眉苦臉，一副好像生處亂世無所歸依的樣子。

我露出狡黠的笑容，「和蘇墨雨同一個班就沒辦法拿第一名了，為此感到哀愁了嗎？二爺。」

他義憤填膺，「對啊，真他媽不知道編班的在幹嘛，不是應該S形分班的嗎？是想要我跟蘇墨雨鬥個你死我活啊？還是妳日子快活，文組第一的日子指日可待。」

我失笑，這段時光被太多人問理科也不差，為何選文組，那麼多人對我投以異樣眼光，去在意的話很累，不去理會那些問題卻又被當成顯擺。

「你覺得我選文組好嗎？」我問，抬頭注視著他的雙眼，試圖看見他眼神中的訊息，卻只看見了不解。

高一期末選組，當我提交一類組的申請書時嚇壞了身邊的同學，就連某次朝會頒發期中考前三十名的獎時，我們幾個全校前幾名的在後臺打哈哈，連那個泰山崩於前也不動聲色的蘇墨雨得知這個消息時也有些驚詫，可是文胤崴卻什麼話都沒說。

好像老早就知道選文組對我比較好。

「我覺得，」他說，露出誠懇的笑容，「妳本來就該去文組，妳的性格偏文科生，妳的文科也比理科好。說實話，雖然我常笑話妳理科差，但是妳的理科跟別人相比的確不差，自然就會有人問你為何不去理組。並不是理科好就該去理組，妳學了沒興趣也沒用，要是妳在文科混得好，甚至後來還修了好幾門語言，說不準妳未來薪水還比工程師高呢！

「不要去理會人家說什麼，他們愛說就說，你們這些文科生就是這樣，愛東想西想。最起碼，我覺得妳適合文組。」

這一瞬間，擁擠的校車上好像只剩下我們，沒有司機愛聽的老歌，沒有鬧哄哄的引擎聲，沒有車上學生的「我靠，熱音那個學長實在是帥到沒天理」之類的嘻笑聲。

夕陽灑落在他的肩頭上，我特別喜歡坐在右側，當夕陽西斜時就能沐浴在溫暖的橘燈下，就像此時，包裹住我和他。

我有些感動，鬱結了一天的問題只需他一句「我覺得妳適合」就能解開。

這樣就夠了。

「謝謝。」我的聲音細如蚊蚋。

他嘿嘿笑著，一如往常，陽光明媚的少年，「妳可要加油點，咱們稱霸翰青的計畫雖然遇到蘇墨雨這個程咬金，但是稱霸文科聽起來也挺威的，等我哪天熬出頭了，咱倆一起當文理科的第一名，只是怎麼姓文的去了理科，姓李的去了文科呢？」

我笑了，然後在心底把那個「一起」加上底線、加粗。

好，我們一起。

第二章　你是年少的歡喜

高二數學一開始便是三角函數，什麼Sin、Cos、Tan，儼然是幾何無能的我的一大考驗。

除了數學外，其他科目都沒有造成我太大困擾，也許是文科之於我實在不是太困難，而理科沒有自然組那麼困難，自然是如魚得水。

小考成績也比高一出色許多，不，應該是我們班並沒有人能與我並駕齊驅，雖然這話聽起來有些自戀。

聽文胤崴說，他們班上小考物理就已是滿江紅，此話一出更讓我肯定自己選社會組的決定。

可是下一句話便澆了我一頭冷水——蘇墨雨和文胤崴還是考了九十分以上。可惡，不會選了文組還是輸給他們吧？

於是，只要他們倆出現在我們班門口我就會低頭故作認真地翻書，等到他們走遠後就抬頭偷瞄窗口，仔細想來實在有些好笑。

久而久之，我也有些疲乏了，於是下課時就會戴著耳機，拿起小說來看，最近在看桐華的《那些回不去的年少時光》。

不知是因為班上女生多還是怎樣，班上的小團體特別多，我們高一同班這群、以杜嫣然為首比較貪玩的一群，還有幾個愛看動漫的女生聚在一起。

我們的小圈子的女生向來對我不喜八卦的習慣相當包容，不會非要膩在一起，要不是我們體育課時會聚在一塊的話，大概許多人都會懷疑我是不是被排擠吧。

我總覺得高中的日子過得比國中還要快，明明同樣每天重複例行公事，每個星期五抄寫作業公告時總會忍不住感慨，怎麼又週末了？

轉眼就迎來了高二第一次段考。

徐以恩曾感慨地對我說其實第三志願讀書風氣並沒有很好，放棄課業混沌度日的人不在少數，莫非全市只有翰青的學生會看書嗎？

其實不然，翰青當然也有不努力的學生，只是沒有那麼多，比如杜嫣然和她的朋友陳語心。當大家認真上課，挺直了背，就像一座座小山峰，第二排兩個並排坐的位子上的「盆地」就有些突兀。

起初大家以為他們每天通霄讀書，實在是撐不住才睡的，後來，一張張考卷證明了大家的猜測是錯誤的，他們不過是把大部分時間花在打扮、社團上。

我們班並沒有很團結，大家總是各忙各的，比如杜嫣然總是在忙熱音社的事，陳芷珺總是為了班聯會東奔西跑。

唯一團結的時候就是當隔壁班亂吼亂叫時，大家有默契地翻了個白眼，男生說了句「隔壁班是見鬼啦？」惹得全班同學點頭叫好。

「我們班好像真的沒有很團結。」不知是開學以來第幾次，林書榆望著天空嘆，活像古詩裡說的愁人。

我抬起頭，瞅見班上同學體育課大多散落在操場上，三三兩兩地在談天說地，唯有幾個男生在籃球場上奔馳、揮灑汗水。

我忍不住皺眉，的確不是很團結，可是這又奈何得了誰？高中本來就不是國中，生活什麼都被禁止，只能圍繞在自己同班同學身上。

不得不承認，國中同學徐以恩確實是我最好的朋友。

「沒有人規定一個班級就要像草帽海賊團一樣，感情好得不得了。」我淡淡地說。

只見她搖頭，說：「我高一的班級就挺好的，班上有幾個男生總是很熱血，帶領全班向前，在競賽的時候全力以赴。」

那幾個男生其中一個就是文胤崴吧？

我笑，「能遇見那種人算妳運氣不錯。」

突然聽到熟悉的吼叫聲「陳鼎鈞你快去守蕭堯啊！」我循著聲音來源，看見七班一群男生正在打籃球，戰況膠著。

原來他們也在上體育課。

張文茜看著他們，萬分感慨地說：「像他們那樣過日子好像也滿不錯的。」

我本來想笑她，整天腦子裡只有偶像明星，惆悵什麼啊？可是此時此刻望著前方少年們笑得如此燦爛，便覺那樣的日子的確好。

我們都是這樣，自命不凡，卻老是過著一成不變的生活，最後屈於平凡。

考前一個禮拜，不少同學開始臨時抱佛腳、開夜車，好幾科老師還在趕進度，地理還剩一整個單元，歷史還剩一個小節，公民大概還有半個單元。

翰青高中的老師特別喜歡在教不完時說：「哎呀！老師實在是教不完了，可是我相信大家都能自讀的，學習是自己的事……」諸如此類。

我不曉得是不是全國高中生對這句話的熟悉程度跟「庭院深深深幾許」一樣，至少每個翰青的學生都能倒背老師這番說詞。

當物理老師也說出這句話時，張文茜終於受不了了，等老師一出教室就大喊：「不是吧！要是我物理能自學的話還會選社會組嗎？」

喊歸喊，她最後還是從書包裡掏出便條紙，註記物理未教的範圍，並在下面寫「今晚讀3-2」。

不少同學開始抱怨考試內容太多，要怎麼讀完。

而我沒什麼特別感受，因為每天都在讀書，段考範圍早就看完了，等到考前只要從容地地毯式搜索課本內容就好。

回家的上文胤崴跟我說他們物理老師要他們皮繃緊一點，出題老師放話要讓自然組物理班平均二十分。

「說實話我才沒在怕呢！要是老師真出這麼難，如果我考了一百分豈不是讓他顏面無光？所以我跟蘇墨雨就決定這次段考認真點讀物理，而且之後的內容會更難，第一次段考當然要拿來拉高學期平均啊！」他充滿自信地說，眼底閃過自負的光芒。

我笑，「要是你們考了一百分會變全民公敵吧！你們這樣，要是其他同學分數都不及格豈不是不能調整分數了？到時候自然組過半數的人被當。」

「我才不怕呢！我的文科輸給蘇墨雨，化學也比蕭堯差，就只有數學跟物理能拿來炫耀，當然要囂張到底啊！」

「那你們現在物理在學什麼啊？老師要怎麼出題才能讓你們平均二十？」我問。

他翻找書包，然後拿出一本已經翻得有點破爛的物理課本給我，我皺眉，才第一次段考書就已經破成這樣了，等學測再回來看時不就整本都散了嗎？

他翻開目錄，指著兩個單元說：「相對運動、斜向拋射，這兩個單元稍微困難點，我記得社會組的內容沒有相對運動吧？」

我頷首，然後他翻到相對運動那部分，整本課本被他寫得密密麻麻，全都是用黑色原子筆寫的計算過程。

我以前曾問他為何不用鉛筆寫，用原子筆寫要塗改不方便啊。

然後他就一副要給我曉以大義的樣子說：「算數學這種事就像打仗，需要破釜沉舟的，而且當你用原子筆寫就會特別小心，一旦發現有錯就能快速回過頭來檢查，也能避免字太大超出格子。」

歪理。

我那時真覺得他其實是想業配原子筆吧？

「相對運動其實不難，對之後算質心之類的題目都很有幫助，算是運動學當中一個相當基本的單元。」他說得起勁，也不管我有沒有聽懂。

文胤崴的物理好不是沒理由的，他一上高中就請親戚從北京寄了一套中國高中理科教材，升高中的暑假開始有時間就會做個幾回，聽說他已經把臺灣高二物理看完了。

「你還真喜歡物理啊。」我說。

只見他撓頭嘿嘿笑，「抱歉，說得太起勁了。其實我比較喜歡數學，解完一道難題就能獲得成就感，說來我還真像個只會讀書的書呆子。」

國中時，班上那些心不在課業上的男生總是嘲笑認真的人，罵他們書呆子，我就曾被他們拍了下後腦勺，被他們開玩笑：「真想看看妳的腦袋裡裝的是什麼。」

我搖頭，「沒關係，我懂你在說什麼。」

不只是相對運動，解題的快感我也懂，我都明白的。

他看著我，先是有些詫異，然後緩緩地，像舊電影一樣，緩緩露出笑容，笑而不語。

適逢段考週，周末不能像平時一樣睡到自然醒，而是要像上學一樣早起去圖書館佔位子，否則就只能向隅。

一到圖書館，就能看到住在圖書館附近的徐以恩正站在門口邊啃著饅頭邊背單字，完全沒發現我跟文胤崴正對她指指點點。

「妳看這傢伙，都快有眼袋了，鐵定是這幾天都開夜車。」文胤崴說。

「哎呀，你不知道啦！那叫『臥蠶』，人家以恩努力念書應該要誇獎她啊！」我說。

也許是我們說得太大聲了，徐以恩立馬抬頭，瞋目怒視文胤崴，目眥盡裂，眼球布滿血絲，「我好不容易到了社會組，想要第一次段考開紅盤，不行嗎？」

文胤崴見她活像母夜叉的樣子，連忙拱手道歉，然後轉頭偷偷對我說：「看來第三志願的壓力也不小。」

「可惡！我們這附近的高中生是怎樣？大家都不懂得平時要燒香，只懂臨時抱佛腳，每次都害我還沒睡飽就得來這裡排隊！」徐以恩憤憤地說，音量不大，再氣也不敢得罪人。

我無奈地笑笑，「要是大家平常都只勤奮讀書，不出門娛樂，那國家經濟還能欣欣向榮嗎？」

他們倆忍不住笑了出來，壓力看來也削減了不少。

「好啦！你們待會一定要教我物理，我實在是不懂臺灣的通才教育，為何要逼一個讀商科的人學物理呢？」以恩說，最後還誇張地嘆氣。

文胤崴說：「好啦，爺待會鐵定把你們教得連自然組物理都能應付。」

我相當認真地把生物和物理從頭看一遍，明明選了文組，最認真準備的卻還是理科。

等到看完課文後，便拿出去年學校的各科段考試卷來寫，一寫就是三個小時，無法自拔。

改完卷子後，看著物理考卷上一片紅，忍不住皺眉，看了那麼多物理，最後還是搞不懂氣球載重物上升下降的加速度。

突然，文胤崴遞給我一張紙條，上頭寫著「物理就是那樣，趕緊問我吧！」

我望著他的眼睛，望見一片笑意盈盈，回以一個笑容，內心有些感動。

在文胤崴的幫助下，我那張滿江紅的物理考卷也總算是訂正完畢，文胤崴還特欠扁地對我說：「還不叫聲『師父』嗎？」

徐以恩見狀忍不住笑了起來，「不是如瀅才是你的師父嗎？國中時她還這樣跟我開玩笑呢！」

考前時光大家依舊苦中作樂，根據陳語心說法，人生短短幾個秋，不醉不罷休，2018年看見這段話紅遍大街小巷時，我不禁懷疑陳語心是不是時空旅人。

曾有人說高中生的樂趣就是一起抱怨學校團膳難吃，樂此不疲，我們幾個也不例外，張文茜一邊挑出青江菜裡的蒜頭一邊抱怨這個午餐CP值不高，還不如去買十個水餃還比較划算、美味。

我們幾個開始聊近期的八卦，我平常不愛看什麼告白、黑特翰青，自然少了許多資訊。

「九班有個人上次在學校旁邊的巷子裡抽菸，剛好給教官撞見，直接記了小過。」林書榆邊說邊把手機遞給我們，讓我們看看黑特板上的文章，語句中流露出濃厚的厭惡感，張文茜聽到後忍不住哇哇大叫教官抓得好。

也許對我們這類認真讀書的人而言，抽菸酗酒便是不共戴天的罪惡，後來我才發現，誰說我們眼中的「正人君子」就不是衣冠禽獸呢？

講完一個無關緊要的八卦後，張文茜八卦兮兮地望向我，我被她盯得不自在，忍不住皺眉要問幹什麼，她就說：「如瀅啊，文胤崴有跟妳說他前幾天被人告白嗎？」

我心一緊。

文胤崴相貌姣好，能與之匹敵的大概就只有蘇墨雨，但是他個性親切、熱情，成績上看起來也比蘇墨雨來得「平易近人」，自然就成了學校紅人之一。

可是我沒想過他會交女朋友，從沒想過，也沒想過這樣美好的存在會有人想要伸手企及。

我試圖平靜自己的語調，平時裝逼慣了，肯定沒什麼問題，淡淡地說：「哦？沒有，他怎麼回覆？」

「我聽補習班同學說的，他剛好經過現場，就看見一個女生紅著臉對文胤崴說一直以來都很喜歡他，然後文胤崴就回以她一個微笑『謝謝妳，有妳這份心意我真的很高興，可是對不起。』據說那個女生當場哭得稀里糊塗，文胤崴還很紳士地給了她一包衛生紙，安慰她下一個人會更好。」

張文茜的一字一句撫平了我心底方才皺成一團的思緒，好在沒有答應，這刻，我特別渾蛋的為一個女孩的失戀感到高興。

戀愛的人總是自私的。

突然，林書榆笑了，笑得特別甜蜜，沒有發現我跟張文茜正呆望著她，她發現了我們的目光，臉突然脹紅，結巴地說：「我、我只是覺得文胤崴一直是個特別好的人。」

張文茜八卦兮兮地把我們拉到廁所前面，就怕等等對話內容傳出去。

她手環胸，居高臨下地看著林書榆，而我因為被林書榆剛才的話給嚇到而臉色不怎麼好看，看上去活像林書榆被我們逼到角落，重現電影裡的霸凌情節。

林書榆說起了高一的遭遇。

當時身為副班長的她為了合唱比賽忙得焦頭爛額，無奈班上同學興趣缺缺，當時的她站在講臺上望著臺下同學，心想著明明都在同一個教室裡，為何心無法繫在一起呢？

當她特別無助不知如何是好時，文胤崴突然朝著全班同學吼：「不想比就滾出去！」一句話就震懾全班。

文胤崴如同一個英雄似地站在林書榆面前，替她主持整場會議，整個合唱比賽的主題也是在他手中催生出來的。

後來他們班不幸落敗，連個「最佳勇氣獎」這種安慰獎也沒拿到，身為活動負責人的林書榆相當自責，整節課趴在桌上低聲啜泣，沒有人上前安慰她。

直到下課時，有個人拍拍她的肩膀，她本來煩得不想去理會那傢伙，但是無奈鼻涕就快流出來了，只好認命地從椅子底下拿衛生紙出來擤鼻涕，一抬頭就看見文胤崴手上拿了一根七七乳加，面無表情地看著自己。

「哭夠了嗎？我們班輸了也沒什麼好奇怪的，誰叫十三班不知道從哪裡生出一個花旦，唱《新貴妃醉酒》，當初我們真該唱《One Night in北京》的，可惡。」文胤崴說，語氣惡毒，「下次如果有這種文藝競賽，提醒我賽前先拿乙醚去迷昏十三班那個戲子。」

林書榆瞬間被逗樂了。

文胤崴見她面露喜色，這才鬆口氣，將手中的七七乳加遞給她，「這給妳吃，吃巧克力可以開心。」然後就大大咧咧地跟幾個兄弟出去打球了。

林書榆盯著那根七七乳加，心底漾起了一波又一波的暖流，她那剛萌芽的愛情就像剛拆開的巧克力，甜滋滋的。

文胤崴怎麼會知道他用一根十元的巧克力換走了一個女孩的心呢？多麼划算的交易啊！

「所以妳就被一根巧克力給收買了？」張文茜聽完後第一個評語是這個，挑著一邊眉，不可置信地盯著面紅耳赤的林書榆。

「不要這麼幫我的戀情下註解好不好！」林書榆氣急敗壞地說。

「好啦好啦！你們胤崴是個特別好的好人，看著他能夠讓原本就甜得要命的巧克力都長出螞蟻來。」張文茜吐舌頭，特別在「你們胤崴」四字加重音，惹得林書榆追著她到處跑。

我看著他們這樣嬉鬧，突然覺得自己離他們很遙遠，很遙遠，那句「文胤崴一直都很好」就這樣咽在喉嚨裡，怎麼也說不出口。

怎麼喜歡上他的？我也忘記了。

初見他是隔壁的王叔叔和來自北京的阿姨——也就是文胤崴的媽媽結婚，爸爸媽媽邀請他們來家裡作客吃飯慶祝一下。

記得當時家裡氣氛不怎麼好，於是我先出去轉轉再回家幫忙，回到家時就看到家門有個侷促的人傻站在那兒，我上前搭話，看見來人個子很高，眼神清亮，一對幹練的眉宇，看著就清爽。

得知我就住在這兒時，他笑朝我自我介紹：「我叫文胤崴，趙匡胤的胤，山下一個威風的威，可不是腳『崴』了那個讀音呀！媽媽交代我先來送禮盒，等會兒會和王叔叔一起來。」

我們認識的過程極其平凡，沒有那些灑狗血的言情小說的那句「天雷勾動地火」，只有兩個看起來有社交障礙的人站在門口面面相覷傻笑。

幾天後他恰恰好轉入了我們班，操著濃厚的北京腔，因此得到了幼稚的同學的嘲笑；滿腔熱血及滿口的籃球經，因此瞬間將那些偏見翻盤，交了一大群朋友。

他像是一顆小太陽，不過站在那裏什麼事也不做就會發亮。

第一天放學時，因為他對周圍還不熟悉，就跟著我一起回家了，當時他問我想要去哪所高中，我有些得意地回答：「翰青高中，它是我們縣的第一志願，我準備要薦送上那兒了。」

聞言，他笑說：「那我也去翰青吧！以後好作伴！」

當下我有些詫異，第一志願可不是那麼好進去的呢！就連那麼認真的徐以恩都只能上第三志願，你憑什麼上翰青？

然而我還是回答：「好。」

沒想到隔天的數學小考，他居然考了一百分，還被班導叫上臺解一道給出三點座標，求圍出三角形面積的題目。

他居然就用高中教材的外積和海龍公式來解，還一副無所謂的樣子說：「我曾經在奧數班問老師各種三角形面積算法，這些算不上什麼。」

我瞬間覺得，自己的校排第一在他面前顯得很渺小，何止翰青，讓他去建中都沒問題吧？

然而上帝是公平的，文胤崴有個致命的弱點，就是文科，不僅是看不懂注音符號，連家裡地址都還沒記熟的他怎麼可能知道臺灣史地呢？

回家的路上，越發熟識的他不停抱怨自己應該早點來臺灣的，現在起步太晚了，什麼注音符號、臺灣史地，沒一個摸得著頭緒。

「可是你的理科很好，扣除那些只有臺灣學生會的範疇，你的成績都是拔尖的啊！」我說，說實話，我挺羨慕他的，因為他懂很多我不懂的東西，一節數學課就嚇得我想要更認真讀書。

「字音字形在國文基測裡頂多也就兩題，臺灣史地你背一背應該就可以了。可是理科那些能力，說實話，真的沒有幾個人能超越你。」我的語氣鐵定有濃濃的羨慕意味，人就是這樣，不斷地去羨慕別人有而自己沒有的東西。

「那不如這樣好了，」他凝視著我，笑嘻嘻地，像極了一個得意的孩子，「妳來教我注音還有社會，我來教妳一些高中數學，反正妳不是保送翰青了嗎？早點學這些，說不定咱倆就可以稱霸翰青！」

還沒考上就發下豪語，這傢伙到底多有自信啊？

但是，看著他的笑容，我毫不猶豫地回答：「好，我教你。」

夕陽拉長了我們的影子，這個畫面看起來特別青春，特別美好，後來，我認認真真地將這個景象在日記裡描摹出來，希望未來永遠都不會忘記這個最好的時光。

後來的每一次考試，我都退居第二名，那個臭屁的傢伙老叫我「李如二」，惹得我跟徐以恩總是氣得牙癢，恨不得一人一腳把他踹回北京。

薦送的日子就這麼到來了，我順利獲得了保送翰青的機會，本該是值得普天同慶的事，然而天不從人願。

回到家後，我迫不急待想要告訴媽媽自己準備薦送上翰青，一走進客廳時發現平常七點才會回到家的爸爸也在，兩人的眼神都有些不對勁。

我張口想要說些什麼，可那些雀躍的「我上翰青了」卻一字一句變得軟趴趴的，衝不破喉嚨。

氣氛十分凝重，我大氣都不敢動，只得呆呆站在門口。

「如瀅，我們有話想跟妳說。」率先打破沉默的是媽媽，她面色複雜的看著我：

「我們打算離婚了。」

我的腦袋瞬間斷線了，腦中一片空白。

我以為爸媽永遠不會離婚，就算吵架，隔天也會和好，雖然整天都在拌嘴，但我相信他們倆是相愛的。

「老師今天打電話來，說妳可以上翰青，真好，如瀅從來不用我們擔心，之前爸爸媽媽擔心離婚了會影響妳學習，妳上翰青了我們就放心了。」

這句話撼動著我的理智線，多想起身狂吼：「我上翰青從來不是為了讓你們離婚！如果不懂事能夠讓你們永遠在一起的話，我現在就去外面當太妹！」

可我沒有，我就只是呆呆的，丟了魂似的，回到自己房間，看見了從考上翰青的學長姐那兒借來的高中數學課本，突然有種噁心感，雞皮疙瘩都起來了。
我把那本課本用力丟在地上，忍不住大哭了起來。
努力讀書，考上翰青，意義不過是讓父母離婚？
我胡亂抹去淚水，從書包裡拿出錢包，就直直地衝下樓，打開家門，頭也不回地走了。
出門時我忘了帶傘，恰恰好就遇到了今年的第一波春雨，走不了多遠只好在社區附近的7-11裡坐著發呆。
下雨天總是煽情，我望著窗外的雨滴，突然想起幼稚園時，爸爸媽媽會一起來接我放學，然後我們一家人手拉著手，一起走回家。
下雨天時，媽媽就會給我套上一件Kitty的雨衣，然後爸爸給我們兩個撐傘。
小時候總是調皮，我最喜歡在小水坑裡蹦蹦跳跳，讓爸爸媽媽氣得牙癢癢，恨不得掐死我。
「如瀅，開心嗎？」爸爸俯身問年幼的我。
我咧嘴笑了起來，用力地點頭，「開心！只要跟爸爸媽媽在一起，我就開心了！」
又是從什麼時候開始，我的爸媽不再恩愛，那些快樂的回憶也漸漸被吼叫聲和女人的哭聲給取代了。
五歲的李如瀅從來不會知道，十五歲的李如瀅有多麼羨慕她。
當我哭得一抽一抽，鼻涕都快流到嘴唇時，手機響了。
我拿起手機，是文胤崴打來的。

「……喂？」我吸著鼻子，艱難的發音。

「妳跑到哪裡去了？我正想問妳國文，結果看到妳房間燈沒亮。」他說，有些焦急，大概是真的遇上難題了。

文胤崴的房間正對著我的房間，每當我們要討論題目時就會打開窗戶，把題目遞給對方，然後就能毫無障礙地講題。

我哭得都有些呼吸困難了，艱難地回答：「我在7-11，我的心情很不好，你去找其他人給你講題好不好？」

「啊？心情不好幹嘛去7-11？妳吃飯了沒？等我一下，我這就去找妳！」

我也忘記我是推辭了還是怎樣，只記得過了沒多久，文胤崴撐著一把很大的黑傘，從窗戶看見我就鬆了一口氣，趕緊收起雨傘，進到店裡。

「雨下這麼大，妳還敢到處亂跑，要難過也留在自己房間難過吧！省事！」他碎碎念，活像一個老頭子。

我擦擦眼淚，很想回嘴，卻什麼話也說不出來。

「好啦，妳怎麼了？」他坐到我身旁，問。

我抿抿嘴，「我爸媽離婚了。」

聞言，他停頓了好半晌，見他這樣我就繼續說：

「我本來應該要叫李瀅瀅的，但是因為我爸媽的名字裡面都有個如字，就改叫李如瀅了。小時候總覺得自己的名字特有涵義的，可是隨著爸媽的感情越來越糟，我慢慢發現李如瀅這個名字不好，他們的愛已經不在了，唯一存在的只有我這個礙事的紀念碑。」

文胤崴只是靜靜地聽，沒有出言制止我，我也不管他有沒有聽，逕自陷入自己的世界。

「今天回家本來想告訴他們薦送的事，結果他們卻告訴我，如瀅真棒，從來不用我們擔心的，這樣我們也可以放心去離婚了。你說，我這樣努力讀書的意義就只是為了讓我父母離婚嗎？」

我又哭了起來，覺得自己活得好不痛快，一直覺得能夠朝著一個目標狂奔的感覺很好，但是當我達到目標時，卻也失去了一個美滿的家庭，沒了起點，更沒了溫暖的避風港。

文胤崴拍拍我的背，從旁邊抽了好幾張衛生紙給我。

「父母離婚不可怕，讓兩個不愛了的人互相折磨一輩子，那才可怕。」他說。

「我小學三年級時，爸爸跟一個很年輕的阿姨外遇了，那時我媽媽每天以淚洗面，見到我爸爸就是歇斯底里地咆哮。我那時只要看到班親會時，同學的雙親一起出席，結束時一家人手拉手上飯館我就覺得格外羨慕。後來，我的父母總算是離婚了，從那之後我再也沒看到歇斯底里的媽媽，我知道，她解脫了。

「人心總是在變，我不相信永恆的愛，也許今天愛，明天就不愛了。我覺得李如瀅妳很優秀，特別優秀的那種，我們活著就是要為了自己活，要瀟灑走一回，從來沒有為誰活的道理，妳父母離婚了，那也是他們的人生，而妳應該要好好的，開心的繼續活下去，妳可別跑去江湖打滾哦！我們要稱霸翰青可不是用暴力稱霸的！」

他說著這些話時一直望著窗外的滂沱大雨，我不知道他是否也陷入了自己的回憶，是否也看見了過去的自己。

他就這樣放任我哭得一把鼻涕一把眼淚，等到我哭累了，他就開始給我講北京的事，講他小時候跟著一幫夥伴惡整老師，偷偷把粉筆灰加進老師的水杯裡，害文阿姨被找來學校罵一頓，自己回家也被打得屁股開花。

聽到這些故事，我破涕為笑，忍不住罵他：「文胤崴，你上輩子一定是屬王八的！」

「我這叫機智過人，妳不懂啦！」他回嘴。

我吐吐舌頭，不想跟他多吵什麼。

外面雨勢漸歇，我的心情好像也隨著雨勢，漸漸平復了。

「要一起回家嗎？不回家的話就要睡在7-11囉！」他問。

我有些猶豫，怕回家面對爸媽。

他摸摸我的頭，說實話，有點像在哄小狗，「沒有什麼是過不去的，妳能做的也只有面對它。我會陪妳度過的。」

我會陪妳度過的，多麼煽情的一句話。

我頷首，然後跟在文胤崴旁邊，走在濕答答的夜路上。

後來回到家怎麼了，我也忘記了。

多年後當我回憶起這一晚，我只記得自己哭個半死，還有身邊難得穩重的文胤崴的笑容，以及萌芽的感情。

文胤崴對我很好。

可是文胤崴對誰都很好。

是啊，我老早就知道了這點，卻還是把我的好，毫無保留地給他了，甚至溢出同學、鄰居、朋友的界線了，只因他是我喜歡的少年。

我看著眼前兩個女孩你追我跑，明明青春正盛，我卻突然忘了，什麼是年少的歡喜。

第三章　知己

星期一第四節是體育課，為了即將到來的運動會，平時鮮少管我們上課態度的老師一遇上運動會這種事關班級榮譽的活動就特別激昂地要我們好好練習，某次練得累時，杜嫣然曾偷偷問：「莫非班際競賽也有業績壓力？」

於是，被段考折磨的我們只好被迫將注意力從蔣中正和他的建設中移到大隊接力上。段考將至，體育老師難得好心的讓我們從跑四圈操場降至兩圈，只是必須直道衝刺彎道慢跑，跑起來比慢跑四圈還累。

當我跑完第三個彎道時，已經面目猙獰，大口喘氣，快要沒有力氣衝刺了，這時，突然有道特別欠扁的聲音在我旁邊喊：「李如瀅！不可以偷懶啊！整天只知道坐著讀書會變象腿的。」

果然是那個王八蛋文胤崴。

我怒視著他，想必現在又是跑步又是被風吹亂頭髮，達到了「怒髮衝冠」的境界。

他沒有理會我，只是露出壞笑，然後加速衝刺，留下一個好看的背影和後腦勺上幾根被風吹得在空中搖曳的髮絲讓我觀瞻，為何他跑起來那麼瀟灑，我卻像個神經病發的潑婦呢？

我在後頭狂吼：「喂！文胤崴你等等我啊！」

可是他沒有回頭，逕自完成了自己跑步的任務。

我在那瞬間突然感到有些不悅，不是因為他不等我，而是赫然發現原來無論如何他都是我無法企及的存在，無論我再怎麼努力也無法與他並肩奔馳。

此刻的我突然明白了，原來戀愛真的能讓一個人的情緒千迴百轉、胡思亂想。

熱身完後老師讓我們依上節課測百米賽跑的成績來安排大隊接力棒次和個人賽的人選。

我的速度不慢也不快，被排了第八棒。

或許是在這嚴格的訓練下，運動會的報名相當踴躍，不一會兒就把所有項目給排好了，連趣味競賽也一下就報完了，幾乎是人人有事做。

原先我們總笑自己班一點也不團結，沒想到運動會讓大家都積極了起來。

林書榆開玩笑：「真是太好了！我本來打算運動會那天來野餐呢！」

自從上次廁所談話之後林書榆便變得開朗多了，跟我們也越來越親近，我曾猜想過，是不是每個女生的友誼都像一場交易，籌碼是自己的祕密，所謂的閨蜜不過是交換了彼此的祕密，換來了手勾著手一起去上廁所。

張文茜忍不住捶她一下，賊賊地笑：「什麼來野餐？妳不是來看胤崴在賽場上的英姿嗎？」

林書榆聞言，臉突地紅了起來，就像漫畫人物一樣，滿臉通紅，我都看見她頭頂冒煙，然後氣急敗壞地去追打張文茜。

我看著他們這樣嬉鬧，忽然覺得自己像個局外人，不想加入其中，兀自站在他們之間假笑。

我很怕這個假面會被撕破。

好在體育老師的哨音很善良地響起了，才讓他們結束這番嬉戲。

老師領著我們到跑道旁，邊走邊說：「我們之後幾堂課都會讓大家練習，拔河進入決賽了，其他項目也要加油呀！」

大家零零散散地說：「好。」心卻早就被跑道上正在測百米賽跑的七班男生給吸引住了。

「天啊！那個人也跑得太快了吧！」陳芷珺忍不住讚嘆，惹得其他人怪叫有內幕，陳芷珺被他們吵得生煩，急叫大家閉嘴。

「靠，蕭宇堯又變快了。」原本和蕭宇堯同班的許航青說，語氣中除了欽佩外還有淡淡的羨慕。

蕭宇堯的速度確實很快，快得我懷疑這是快轉畫面，我順著他前進的方向看見文胤崴站在他們體育老師旁邊，他彎著腰，汗涔涔的，低頭看老師手上的資料，表情木然，癟著嘴，我不曉得是因為疲憊還是怎麼一回事，總覺得他的臉上蒙了一層心事。

可是為什麼？

「如瀅！來練傳接棒！」楊家晴的喊聲收拾了我的思緒，我趕緊應聲，跟著同學們到操場另一端上的跑道上整隊、練習。

我和張文茜等五到八棒的女生一組，在跑道上排排站好，活像烤肉時放香腸，整齊而劃一。

我是這組的最後一棒，只要接棒然後把棒子交還給第五棒即可。

「接！」第七棒傳棒給我，動作稱不上特別流暢。

我接過棒子，跑個三尺便停下來，轉身回去把棒子交給第五棒，張文茜見我歸來便召集了我們幾個組員，一個一個給出意見。

「郁玥傳給如瀅好像不太順，然後沛媛剛才傳給我滿好的，我們維持現狀就好。」我們幾個頷首，然後各自回到各自的崗位上，回到位子上後我朝王郁玥喊：「加油啊！等等助跑我試試看慢點助跑好了。」

王郁玥朝我比了個OK的手勢，見狀，我轉頭預備，體育老師總叮嚀我們別看著後面助跑，小學生才會這麼做……

大概感覺差不多了，我回頭準備助跑，卻在回頭的瞬間看見文胤崴正在和班上同學聊天，臉上帶著笑容，但不知怎的，總覺得看起來很假。

「喂！如瀅！助跑再慢也要跑啊！」王郁玥朝我大喊，我這才開始助跑，但是起跑得太慢，後方的王郁玥煞不住，直接撲到我身上，兩個人就這麼跌倒了。

王郁玥倒好，有我做肉墊所以沒什麼傷，而我整個人跌了個狗吃屎，迷迷糊糊爬起來，立時就感到痛楚，我吃痛地喊疼，忍不住蹲下，低頭看見自己的膝蓋撞出一片紅，都破皮了。

王郁玥忙向我道歉，扶我起來，張文茜和黃沛媛見狀立刻奔到我們身旁，張文茜焦急地朝我罵：「李如瀅妳幹嘛發呆啊？在想下午數學考試內容嗎？」罵歸罵，還是攬過我一邊肩膀，和王郁玥一人一邊把我架去找體育老師。

上完藥後，老師把我安在司令臺上，我坐在臺階上看著操場上的同學們正為了各自的班級榮譽而努力練習。

不知怎地，感覺挺溫馨的。

抽離其中才更能發現這段時光的可貴。

我看見吳睿鈞正在打哈欠，一副沒睡飽的樣子，一個恍神就被旁邊跑道跑來的許航青拍了下後腦勺，惹得旁邊的杜嫣然哈哈大笑；正在練習趣味競賽的林書榆看著跳繩，瑟瑟發抖，連加入這個多人跳繩行列也不敢，趣味競賽該怎麼辦呢？

我沒由來地感到幸福，就連多年以後回憶起此刻的操場也能漾起笑容，卻怎麼也解釋不了這是什麼樣的幸福感。

「蕭堯你再接順一點！」

聽見七班男生的喊聲，我把目光轉向操場另一端，看見蕭宇堯還有另外三個我不怎麼熟悉的男生正在練習接棒，再往旁邊一看，看見文胤葳手環胸，站在跑道旁和另外一個男生聊天。

我似乎明白了什麼。

太陽高掛在天上，像是蝸牛一樣，一步步向上爬，而籃球架的影子像是被牽引了一般，越來越短。

我用手搧風，體育老師相當體貼地讓班上同學在司令臺前集合，我也因此不用跛著腳趕去集合。

日上三竿，已到午餐時間，老師也沒有多說什麼，只是稍微交代下節課的事項就宣布解散了。

一宣布解散張文茜和林書榆就過來扶我下司令臺，張文茜依舊嘮叨，「妳小心一點啦！這下還敢分心嗎？」

我受不了她嘮叨，只好敷衍答：「是。」

「好啦！我們趕快回去盛飯吧！」林書榆拉著我們前進，不停喊餓，讓我忍不住揶揄她：「妳剛才明明就沒有跳繩，還敢喊餓！我都看到了哦！」

聞言，林書榆極其沒良心地放開我的手，「小心我等等就不扶妳回去囉！」

我回嘴：「妳確定不需要為段考積陰德嗎？」

她這才悻悻地接過我的手，攬在肩上，果然段考有用。

就在我們討論真希望今天是星期三，才會有甜湯喝時，七班正好也解散了，幾個同學三五成群地離開操場，而文胤崴難得獨自一人踽踽而行，與我們擦肩而過。

我微微側過頭，眼角餘光望見他挺直背脊，後背有些濕，汗流浹背卻不致狼狽。

眼看他就這麼沒入人群裡，我忽然大腦接線，掙脫張文茜和林書榆的攙扶，張文茜見狀急喊：「李如瀅你幹嘛啊？」

我不管不顧，隨口胡謅：「老師找我啦！我要先走了！等等替我盛飯！」

不等他們回應，我立刻轉身，一拐一拐地離去。

可是這樣跛腳走路能快到哪裡去？

眼看文胤崴就要轉彎上樓了，我只好拋下羞恥心，朝著那後腦勺張揚的幾根髮絲沒害沒臊地喊：「文胤崴！」

他聞聲立刻轉頭，東張西望就是沒看到我。

「喂！我在這裡呀！」我朝他用力揮手，路過的人都忍不住好奇心，多看了我幾眼，看得我臉都紅了，好像多看一眼，我的臉就紅了一個色階，去你的文胤崴，再沒發現我，我就要變關公啦！

好在那傢伙總算看見我了，一目光相接便有些詫異地問：「李如瀅？怎麼了嗎？」

我一拐一拐地走近他，他見狀立刻奔過來，焦急地問：「妳怎麼自己一個人？」

我佯裝無事，「噢，剛才練接棒跌倒了。剛好看到你就來找你了。」

「妳白癡啊？」他忍不住罵，我瞪他一眼，然後倔強地向前走，沒走幾步他就拉住我，回頭看見他無奈的表情，「走那麼慢，我扶著妳總行了吧？」

聞言，我立時就露出笑容，朝他笑說：「嗯！我想吃鐵板麵！」

他嘆一聲，沒有多說什麼便扶著我到學生餐廳。

餐廳裡人滿為患，我們隨便買了點東西，然後就到走廊上找了張長凳坐下。

「天氣這麼熱居然只有關東煮可以吃。」文胤崴嘟嚷。

我隨意拿起一串丸子，不在意地反問：「不然你要自己一個人吃泡麵嗎？」

他總抱怨團膳難吃，老愛利用午餐時間打球，午休再吃託同學買的午餐或是泡泡麵，班導常和我們抱怨不喜歡在下午第一節，尤其是星期一，上七班的課，精神不濟就算了，又是汗臭味又是食物的味道混雜，甚至還有男生嫌熱，就打赤膊上課。

「自己一個人？爺又不是沒有朋友。」他隨口說，拆開竹筷，夾了塊豆腐放進嘴裡。

我放下竹籤，用比較詼諧的語氣說：「我的意思是，你今天心情那麼差，怎麼樂意跟班上同學聊天？」

聞言，文胤崴有些震驚，不可置信地看著我，他沒有像平常一樣反駁我什麼「誰心情不好了」之類的話，挺誠實地問：「妳怎麼知道？」

「嗯……」我沉吟，自己也不曉得怎麼回答，想了老半天才開口：「就是一種感覺。」不過是因為一直注視著你，才能一眼望穿你。

他蹙眉，糾結了許久才說：「其實也只是很無聊的事。」

我對他笑笑，誠懇地說：「沒關係，你說，我想聽，我不會笑你的。」

他一個大男生在那邊扭扭捏捏，跟平常完全不一樣，看得我渾身不對勁，又是憋了許久才說：「其實就是我沒有被選入四百米接力，只有候補，有些嘔氣。」他觀察我的表情變化，又補了句：「怎樣？很幼稚嗎？」

我看著他這副模樣，憋不住笑，又好氣又好笑地說：「幼稚，真的很幼稚。」

他急跳腳，「不是說好不笑我的嗎？」

我忙安撫他，依舊壓不住笑意，理理情緒後才說：「可是我能理解你。因為這是你在意的事，倘若今天是我，大概也會消沉好一陣子。」

他楞楞地望著我。

「幼稚歸幼稚，人家總說不要小心眼，我們卻無法告訴自己不去在意，乾脆找人聊聊天，不吐不快，不是也挺好的嗎？」我笑說。

他似乎是感受到被理解了，臉色變得柔和，恢復平常那種語氣反問：「妳也有這種幼稚的時候啊？」

我理所當然地答，邊說還邊扳手指數數：「當然有啊！明明可以拿一百分卻只考了八十分，認真準備的考試考得比旁邊考前十分鐘翻書的人還低，還有很多可以說，只是我一時之間想不起來。」

還有好朋友喜歡上自己傾心的人。

我沒有告訴任何人，我也不願去說，寧可把這一切傾注在日記裡，自慰般地想這樣也好。

他沒有發現我隱藏在笑容背後的祕密，心有戚戚地答：「是挺憋屈的。」然後又換上慧黠的笑容，「這麼說來我跟蘇墨雨應該也滿常讓妳不高興的。」

我白了他一眼，我在認真說話，你開什麼玩笑啊？

「其實我想，真正令人難過的從不是別人，而是自己，我們不能控制別人的表現，真正要該埋怨的是，為什麼我做不好？」

他聞言，輕輕嘆口氣，「我難過的就是這個。

「明知自己會在意，卻還是沒有好表現，不得不承認，我就是差人一等。」

也不是這麼說。

我本想反駁他，最後卻又不得不屈服於這句話。

是啊！有些人天生出色，而我們竭盡所能也無法超越卓越。

我們就這麼沉默下來，因為害怕氣氛尷尬就各自拿起食物來吃，當我快要吃完竹輪時，他突然說：「謝謝妳理解我。」

我一怔，反覆咀嚼他這句話，心底忽然漾起了一波又一波的甜蜜。

「不客氣。」我笑答，極其真誠地笑著。

我們就這麼坐在長凳上，看著身著白色制服的男男女女從面前經過，或熟悉或陌生，臉上表情欣喜的也有，面無表情，似是在思忖等會要讀什麼書的人也有。

我夾起麵條，熱氣蒸騰，燙得我趕緊吹氣，轉頭便看見文胤崴正笑吟吟地望著我，我被他盯得不自在，立時放下筷子，蹙起眉問道：「看什麼呀？」

「沒什麼，我就是想，我都跟妳說秘密了，妳是不是也該跟我說一個？」他賊賊地笑著，像是個使壞得逞的孩子。

我睨他一眼，「你那算哪門子的秘密？」

「當然算呀！我的小男生心事就這樣被妳拆穿了，妳還不說一個給我聽聽！」

這個死賴皮鬼。

我想了想，望見他眼底的殷切，沒頭沒腦地說了句：「其實我會寫日記。」

「日記？」他不明所以，「妳說的是國三就開始寫的那本嗎？」

我頷首。

我一直有寫日記的習慣，國三薦送後正好前一本寫完了，我買了本特別厚的筆記本，希望這本能陪伴我整個高中三年。

誰知道才剛翻開第一頁，還在基測的水深火熱之中的文胤崴就把本子給搶走，說要拜讀一下年級第二的奮鬥血淚史，氣得我七竅生煙，差點兒要和他大打出手。

「不如這樣好了，妳的字那麼小家子氣，我來替妳在上面寫名字吧！」他笑嘻嘻地說，「別看我這樣，我以前好歹也拿過書法第一名，是我們學校的文藝骨幹呢！」

我癟嘴，「切，這副熊樣還敢說是文藝骨幹。」說是這麼說，我還是把黑筆遞給他，他接過黑筆，認真地在筆記本封面寫上我的名字，一橫一豎都認認真真地寫著，那些俗濫的言情小說是怎麼說來著？時光正好，陽光打在他頭上，細軟的髮絲在風中晃動著，光影勾勒出他的輪廓，原先有些戾氣的眼神頓時柔和了起來。

「好啦！妳可不要太感動哦！」他把筆記本遞給我，上頭端正的「李如瀅」三個字很好看，我小心撫摸這三個字，好像還有一點溫度留在上頭，也許只是我想太多了。

文胤崴並不知道，那天晚上寫下第一篇日記前，我在一張白紙上臨摹他的字好幾次，還是未果，最後又輕輕地，好似在輕撫羽毛般，握起筆，在「李如瀅」旁邊寫下了「文胤崴」三個字，我被自己這個舉動給嚇著了，像是被抓到了的笨賊，侷促地把他的名字給擦掉，然後把整張紙揉成一團，扔進垃圾桶裡。

我總想不明白，為何老是這樣，明知他不會知道，仍然如此小心翼翼，笨拙的不得了。

「然後呢？」他饒富興趣地問道。

我搖頭，「沒有然後了。」

他蹙眉，好像我耍了他一樣，「寫日記這種事能算秘密嗎？」

「當然算啊！我可是把寫作文的秘訣都傳授給你了呢！」我笑嘻嘻地回答。

我沒有說出口，因為我的日記裡，滿滿的都是你，我這漫漫歲月裡，滿滿的都是你。

他不服，「那妳肯定在裡面寫了很多我的壞話吧？」

我頷首，「嗯，很多。新仇舊恨都寫了，來日全部一起清算。」

「喂！」

我沒有理會他，逕自站起身來，居高臨下望著他，心底忽然閃過一絲悲哀，不知從何而生。

他抬頭望我，沒有多說什麼，好似在等待著我開口。

我朝他笑，所有的期待卻都化作一句：「怎麼了？我們回教室吧！」

即使是一句「我很高興能夠跟你談那麼多」都沒能說出口。

他頷首，然後接過我手上的垃圾，逕自起身向前行，發覺我沒有跟上，便轉頭催促我，「李如瀅，走吧。」

我望著他的背影，趕緊邁開步伐，緊緊地跟在他後面，你可曾有過這種感受？即使不是並肩而行，只要能夠跟在某個人的身後，就心滿意足了。

因為中午的談話，我的心情特別好，明明沒睡午覺，下午依舊精神很好，數學小考也因此得到高分。

張文茜他們看著我這樣笑得傻呼呼的，不明所以，直說我除了摔破膝蓋，大概也摔蠢了腦子了吧。

放學再見文胤崴時，他已恢復平常嘻嘻哈哈的樣子，和幾個朋友在一樓的榕樹旁嬉鬧玩笑，一看見我從樓梯間走下來便和其他人告別，和往常一樣拉著我的書包背帶趕校車，而校車也一如往常擠滿了人，文胤崴一如往常地聊今日趣事。

我有些失望，原來無論發生了什麼，生活依舊一如既往。

十月的白天漸漸變短，回到社區前的巷子已逾六點，天色昏黃，我們倆並肩走著，他的腿長，腳程比我快多了，我只好加快自己的腳步來配合他。

我看著前方快要隱沒於地平線的夕陽，渲染出一片晚霞，盤算今晚該讀那些科目，那些講義還沒作完。

「李如瀅。」他忽然喚我，我抬頭望他，應了聲：「嗯？」

「今天謝謝妳。」

只見他從口袋中掏東西出來，遞給我，一看發現是摺得四四方方的紙條和一根檸檬味的棒棒糖。

我接過，忍不住脫口而出：「不是七七乳加啊……」

「啊？」他不解，我這才發現自己說了什麼。

他沒有發覺我的慌亂，逕自說：「我只有五塊錢，妳可要知道，小爺為了妳可是傾家蕩產了。」

我哭笑不得，其實我不是在意花了多少錢，而是一廂情願地想，自己在他心中和林書榆是不一樣的，我也有些歡喜，他壓根忘了自己送過林書榆七七乳加這回事，卻又因為這分喜悅而感到罪惡。

「謝啦！」我把他們收進外套口袋裡，笑嘻嘻地朝他道謝。

我們繼續走著，他突然說：「其實我一直覺得妳是我的知己。」

「怎麼說？」我一怔，抬頭望他，饒富興趣地問。

他轉頭看我，低頭朝我笑說：「不知為什麼，妳總是一下子就能看穿我，有時候我都懷疑妳會不會讀心術。」

我不語，心中大概有底，但實在無法把「因為一直看著你」這種矯情的話說出口，只好嘻嘻哈哈地回答：「幸好你不是說，我是你肚子裡的蛔蟲，知己聽起來衛生多了。」

他爽朗地笑了起來，聲如銅鈴，傳入我的心底。

「妳還記得我剛轉入你們班的樣子嗎？」他沒頭沒尾地問。

我不明所以，卻還是愣愣地頷首，「記得是記得，但是你想說什麼啊？」

他的眼神很溫暖，嘴角噙著笑，語氣柔和，「那時我在自我介紹，因為說話有腔調，班上幾個無聊的男生就笑我，這對一個初來乍到的人而言真的會有些慌，怕沒辦法融入這裡。然後我就看見妳翻了個白眼，明明動作不雅，我還是覺得特別感激，感覺在這裡有個同伴了。」

我噤聲，一股情緒梗在這兒不上不下。

我想說不客氣，又想說我很高興，甚至還有一股衝動想要告訴他，我喜歡他。

但是那些話都像是落日一樣，隱入了地平線，落入了塵埃。

我笑，笑而不語，笑得甜蜜，卻又笑得蒼涼。

泰戈爾說：「沉默是一種美德。」下一句卻又說：「但我覺得在喜歡的人面前沉默就是懦弱。」

此刻無聲勝有聲，但我希望你懂。

吃飽飯洗漱完，我回到房間裡準備繼續溫習段考，從書包裡拿出物理筆記，翻開牛頓運動定律時看見一個不屬於自己，剛正有力的筆跡。

是上次在圖書館，文胤崴教我物理時抄上去的。

驀然想起他給的紙條和棒棒糖，我趕緊去找掛在衣櫃前的外套，從口袋中拿出他們，然後邊開紙條邊回位子上，一屁股坐上椅子，仔細端詳裡頭內容。

「感謝妳成為我的知己。雖然不曉得妳在煩惱什麼，但希望某天我也能理解妳，只要妳願意說，我願意聽。」

我盯著這龍飛鳳舞的鋼筆字，頓時有了笑意，卻不知自己的笑意從何而來，是因為甜蜜嗎？還是想要自嘲呢？

我喃喃：「什麼知己啊？明明就是我知你但你不知我。」

我卻依舊如獲至寶似地把棒棒糖放到書架上，然後索性把紙條夾進有文胤崴的筆記那頁裡。

應該要讓它和它的主人在一起。

秋天的夜很涼爽，我沒有關窗子，任憑涼風灌進屋子裡，好像邀請它來作客，給自己作伴。我手撐著下巴，望著對面窗子的少年奮筆疾書，臉上的笑意更濃了。

重整旗鼓，我打起精神繼續和物理奮鬥，心底除了踏實更如這個秋夜般舒爽。

第四章　傷秋

這次段考托文胤崴的指點，我的物理考了八十幾分，平均分數甩了班級第二名十萬八千里。只是我依舊是年級第三，第一還是蘇墨雨，第二是文胤崴，這兩個傢伙果真物理雙雙考了一百分，據說當出題老師吹著口哨從成績慘不忍睹的自然組班級前經過時，一堆自然組的憤青朝他大吼：「你怎麼可以這麼沒良心！」

老師露出了一抹詭異的笑容，油光滿面的臉頓時容光煥發。

然後蘇墨雨和文胤崴兩個就會手插口袋，從老師面前走過，氣定神閒地聊物理。

聽說他們當時在聊《相對論》，還極其諷刺地說：「這次物理也沒想像中那麼難嘛！」惹得老師原本春光滿面，瞬間變得像便祕三天。

然後就有自然組的憤青朝外面砸物理課本，對那兩個囂張的傢伙喊：「你們他媽的考什麼一百分？害我不能加分！」

公布成績幾家歡樂幾家愁，我們班普遍數學成績不高，全班只有十個人及格，一公布數學成績，班上就陷入一片愁雲慘霧。

好在學校總是在這種成績公布的時候安排活動，讓學校學生能夠轉移注意力到其他事上，為枯燥的校園生活注入泉源。

十月中旬一考完段考，十月底就是運動會。

「大家對我們運動會進場有什麼提議嗎？我覺得我們班可以走搞笑路線，既青春活力又能讓評審印象深刻。」副班長在講臺上問，不知是運動會快要到來了所以大家情緒高漲還是怎樣，班級參與度特別高。

「〈江南style〉怎麼樣？」

那個「樣」字的語尾上揚都還沒出來，就被我們打槍：「不好吧！大概全校有五個班會跳這首。」

最後我們決定先跳少女時代的〈Gee〉，後面再接自由發揮的〈Gym〉，既有活力，又具有反差感。

文組班的男生是沒有人權可言的，班上少少幾名男生都要站在第一排，穿女生制服，連我都覺得有點可憐。

「呃，我們穿女生制服會不會有礙觀瞻？」許航青汗顏。

只見正在研究〈Gee〉的MV的副班長挑眉，「不然你們想穿熱褲搖屁股也是可以，穿女生制服至少裙子底下可以穿運動褲。」

好吧，想想那群人高馬大的男生像少女時代成員一樣穿著熱褲跳舞，小腿肌爆發，一團一團的腿毛暴露在空中……似乎真的比穿女裝還恐怖。

最後決議是男生們穿女生制服站在最前排，還有班上舞跳得最好的杜嫣然，其餘女生穿著白色班服和短褲站在後面。

由於準備時間短暫，班導義不容辭地將國文課拿來給我們排練，杜嫣然花了幾分鐘就把〈Gee〉副歌部分的舞步記起來，站在前頭指導大家。

「這個動作記得手腳都要動，手可不要隨便擺擺就好，要記得點得有活力。」杜嫣然在前頭示範，動作標準得讓我懷疑她是不是少女時代的鐵粉，成天聽他們的歌、學他們的舞。

她的話我聽聽全懂，動作也看得很清楚，但是做起來不是慢半拍就是完全沒有俏皮的感覺，反而像什麼奇怪的拳術。

看來我除了勞作不強，也有點手眼不協調。

「如瀅，妳剛才是不是錯邊了？」站我後面的張文茜說，見我一副很困擾的樣子，便再示範一次給我看，看來這傢伙平常哈韓不是喜歡假的，連韓團的舞都會跳。

她見我動作稍有起色，便開心地對我說：「我剛聽說了，七班要跳EXO的〈咆哮〉，天曉得他們哪來的勇氣跳這首歌，我們EXO的歌可不好跳呢！」

我笑，想到自己最喜歡的偶像的歌要被翻跳就開心，尤其還是給七班跳。

「那妳知道『他』要跳誰的部分嗎？」林書榆低聲問，意有所指。

那個他就是文胤崴，我瞬間又感到在友情與愛情間的煎熬。

見林書榆這樣小心翼翼，張文茜忍不住哈哈大笑，說：「妳傻了啊！這種活動不是大家一起跳的嗎？不然妳想要他跳誰的部分？」

「鹿晗，EXO裡我最喜歡的就是鹿晗了。」

「是因為他是北京人嗎？」張文茜壞笑，又惹得林書榆一陣暴打，她一邊逃竄一邊問我：「那如瀅妳呢？妳最喜歡誰？」

我說：「邊伯賢，因為我覺得他很有趣。」

「啊！我也喜歡伯賢！他真的太可愛了！」張文茜忍不住大叫，我笑眼彎彎地看著她。

我說謊了，其實我最喜歡的是鹿晗，即使我知道剛才要是說出「我也喜歡鹿晗」得到的回應鐵定也是林書榆的尖叫，可是我還是說不出口，好像說出喜歡鹿晗就是喜歡文胤崴似的，明明這兩人只有一個共通點——都是北京人。

我望向窗外秋高氣爽，晴空萬里，突然覺得有些苦澀。

明明站在人群中，明明外表看起來合群，卻感到無比孤獨，沒有人真正理解自己，而自己在這場暗戀中連個能傾訴的對象也沒有。

秋天，的確是個令人傷感的季節。

第五章　運動會

秋高氣爽，翰青高中灰白色的大門上掛著大紅色布條，「國立翰青高中第八十屆校慶暨班際運動大會」，為這片灰白增添了幾分活力。

我比平常早搭了一班車，因為班上同學要求早點來化妝，雖然我不懂為何上臺跳個不到一分鐘的舞為何要化妝，但是只要想到能比平常不一樣一些便感到相當興奮。

結果卻讓我大失所望。

杜嫣然等天生麗質平常就會抹口紅的人化起妝來當然是比平常多了幾分魅力，讓人更想回頭多望幾眼。

輪到我時已經接近集合時間，只好任憑他們在我臉上隨意抹一抹，照鏡子一看，果然還是沒什麼個人特色的李如瀅。

「我們還沒畫眼妝呢！搞不好加了眼線、眼影如瀅會好看很多。」林書榆見我看著鏡子嘆氣，善解人意地說。

我看起來有那麼失望嗎？

「沒有啦！我只是在想自己不太適合化妝，還是平常的樣子好。」

「等上大學後再學化妝呀！搞不好如瀅一化妝就迷倒眾生，連她媽都認不出自己生了那麼漂亮的女兒。」張文茜說。

「那豈不是卸妝就嚇死人？」林書榆問。

我見這兩個傢伙一搭一唱，一邊笑一邊追打他們。

我們換上白色班服和短褲，看起來還真有點像少女時代的服裝，班導看到我們這身青春洋溢的打扮樂得左拍拍右拍拍，說要放進畢業紀念冊裡。

男生們就沒有女生那麼興奮地瘋狂拍照，吳睿鈞頹然坐在準備區的椅子上，一身女生制服讓他看起來更加滑稽，他用力地嘆了口氣：「唉，這鐵定是我人生中的汙點。」

我很想告訴他嘆氣會少三秒壽命這種沒什麼科學根據的垃圾話，正當我要開口時班導就說：「放心，你的汙點不僅會放入畢業紀念冊，還可以讓你放進備審資料。」說完又喀擦喀擦拍了好幾張照，惹得吳睿鈞連伸手遮擋的心思都沒了。

其實本來男生們看起來應該會更慘的，本來預計也要幫男生化妝，杜嫣然他們保證會把男生們化得像偶像明星，卻還是只能吃閉門羹——因為據說去年合唱比賽班上有個男生被畫成大熊貓，搞得全班男生都有點化妝恐懼症。

「大家等一下就記得像練習時那樣就好，我們可是『205時代』啊！」副班長朝我們大喊。

我們忍不住笑，「這名字怎麼沒有『少女時代』響亮，而且還有山寨意味呢？」

「好嘛！『五班時代』如何？」

「我們還是繼續安分地當二年五班好了。」

在我們笑鬧的同時，二年級的隊伍也出發了。

一班是語言資優班，居然直接模仿《歌舞青春》的舞蹈，跳起來還真有點美國高中生青春洋溢的模樣。

「哼，我看還是我們班表現比較好，一班沒有爆點，不像我們還有健身操。」陳語心自信滿滿地說。

「哎呀！小聲點！被聽到我們今晚就要上『黑特翰青』了。」原本還在專心看二班跳〈江南style〉的班長轉頭對她說，不過語氣中也是滿滿的洋洋得意。

我看著二班的〈江南style〉，暗自慶幸當初沒有選這首至少有五個班選的歌。

很快就輪到我們班了，在四班創意十足的懷舊金曲〈酒後的心聲〉「我無醉我無醉我無醉……」作為BGM之下，我們列好隊，準備進場。

「接下來進場的是由吳宜庭老師帶領的二年五班。二年五班快如閃電，二年五班力拔山河，二年五班魅力四射，二年五班秀色可餐，二年五班萬夫莫敵！」

這個油膩得可以擠出油脂的介紹詞是我跟張文茜一起想的，其實我原本只有寫快如閃電、力拔山河、萬夫莫敵，誰知道上個廁所回來張文茜就把魅力四射和秀色可餐也加上去了，司儀老師也真是厲害，完全沒有笑場。

我們整齊劃一地踢正步，穩穩踏在線上，站定位，少女時代甜美的聲音也響起來，我們隨之起舞，就像杜嫣然教得那樣，動作點得特別清新甜美可人。

當我們搖屁股時，男生們的裙子搖曳，惹得臺下觀眾嗷嗷大叫，血脈賁張……呃，其實我也不知道這麼形容恰不恰當，當下狀況太混亂了。

音樂戛然而止，變成節奏分明的〈GYM〉，一句「跟著老師動次動」引起全校師生爆笑，誰能想到能有這麼大的反差？

最後的踢腿前排男生們近乎是用盡了全力，裙子都快踢翻了，露出底下的運動褲，引來更大的爆笑聲。

我後來聽別班同學笑到快要岔氣地說：「你們班男生實在犧牲太大了！平常要對他們好一點，妳都沒看到，他們臉都紅得像剛比完鐵人三項。」

我們繞場到定點時，七班正準備開始表演，我、張文茜、林書榆三個EXO的粉絲激動得探頭張望，他們的班服正巧背後也有號碼，和EXO的概念很像，頭戴著鴨舌帽，看起來挺炫的。

「文胤崴是一號啊！那他就是Suho囉？」張文茜興奮地說。

「不，我想那只是他的座號……」我吐槽。

有句俗諺說得特別好，期望越大，失望越大。

我們看著七班動作敷衍，毫無力道可言，大失所望。

「唉，這就是偶像與普通高中生的差別啊！」張文茜不忍看下去，只好邊嘆氣邊別過頭去。

高二陸陸續續地進場，每年都是高二的表演特別精采，十一班不知道是哪根筋不對，居然跳陣頭，臉譜畫得相當傳神，也不知道是哪兒借來的嗩吶，我一度以為自己真的在看廟會。能和十一班合稱本屆運動會傳統文化雙葩的還有十四班，那充滿崑曲味道的歌聲響起瞬間喚起大家對合唱比賽的記憶，又是那個戲子！

「看來只要能跟他同班，這種表演性的班際活動就能保證得獎。」林書榆嘆。

張文茜瞥她一眼，「我看妳哪天也去學歌仔戲吧！為我們班往後的藝文活動鋪路。」

運動會的開頭就和所有活動一樣，被冗長的致詞給佔據了。

「我們翰青的學生向來以能動能靜著稱，上一屆畢業生逾八成進入國立大學，其中四成的同學進入國立頂尖大學，升學率再創新高。校長知道高三的同學面臨學測，壓力很大，希望各位同學能夠暫且放下沉重的壓力，在這難得的運動會上揮灑汗水，全力以赴，為自己的班級爭光！」

校長在臺上滔滔不絕，口若懸河，張文茜很不厚道地替校長計時，至今已逾三分鐘。

我轉頭望向三年級的學長姐，看見好幾個班的學生手持書本，埋頭苦幹，好像多了這幾分鐘的讀書時間，學測就能高個一兩級分，不為校長那番慷慨激昂的發言所動。

也許明年我也會和現在的他們一樣吧？

班導看見學長姐這樣不怎麼禮貌的行為，忍不住嘆氣，偷偷跟我們說：「高二好好玩吧！」

她大概也覺得這樣的行為不妥，卻無法指責那群認真的學生。

百般無聊的張文茜替所有與會來賓計時，目前最高紀錄還是校長，從升學再說到校訓足足說了十五分鐘。

「要是每個人都跟校長說得一樣久，我們今天恐怕就要比到晚上了。」張文茜說，然後十分大膽地拿出耳機聽歌。

「相信大家都很期待這次的運動會，我就只說一句話，祝大會順利！」

某個不知名的來賓一拿到麥克風就這麼說，瞬間得到全校學生的喝采，還有學生吹起口哨，那個來賓瞬間成了全校學生眼中的救世主。

在那個來賓簡練的致詞下，典禮如預期時間結束，我們引以期盼的運動會也總算開始了。

我們班早上只有拔河決賽和趣味競賽，其餘都是個人賽程。

我沒有參加任何個人賽程，只能坐在休息區看比賽，在翰青一年了，對許多同學的臉也熟悉了，即使不知道他是誰也能分辨出來是哪班的。

出賽選手讓我有些震驚，有好幾個看起來就是學術派的人，沒想到跑步這麼快。

班上女生無聊就開始討論場上有誰長得好看的，陳語心突然指著起跑線上的人叫：「你們看！第二道那個男生長得好帥啊！」

聞言，我們擠破頭要看他到底是何方妖孽，怎麼努力都只看見模糊的身影，陳語心到底是哪來的火眼金睛？

砰——

槍聲響起，選手奮力奔馳，當那個被陳語心讚譽有佳的第二道選手經過我們班時，大家都睜大眼睛去觀察這人顏值多高。

只見風像刀子一樣，朝那個男生猛刺，那個男生的臉皺成一團，面目猙獰，長得好不好看我們也無從得知。

陳語心見到他臉抖，只好嘆氣：「唉，我實在是無法接受臉抖的男生。」

「哈哈哈哈哈！」大家忍不住大笑起來。

我突然想，要是文胤崴跑步也臉抖的話，林書榆是不是就不會喜歡他了？看來下次該多拍幾張文胤崴的醜照給林書榆看了。

「大會報告，請高二拔河決賽的班級到體育館前檢錄。」

鬧了一陣子，總算輪到拔河決賽了，我們趕緊離開帳篷，前進體育館。

經過一百公尺彎道時，我看見文胤崴和他們班上幾個男生正坐在場邊觀賽，他看見我時揶揄：「李如三姑娘要去做女戰神啦？」

我翻了個白眼，不理他，「你們在看什麼？」

「我們在等蕭堯跑一百米，他跟我們打賭要是輸了就要請我們吃飯，第一我們就得請他吃一個星期的早餐了。」

「……所以你們這群缺心眼的不是來幫他加油的？」我汗顏。

他撓頭傻笑，「最近手頭有點緊，實在不希望有多餘的開銷。」

這群男生的友情實在令人匪夷所思，這場邊的都是損友吧？我打從心底同情蕭宇堯。

眼看班上同學都要到體育館前了，我趕緊跟文胤崴揮手告別，趕去檢錄。

當我到檢錄處，其他班也集合得差不多了，看上去每個人都像是去健身房練過好幾個月，壯得不得了，而我們班個頭比較小，根本就是小蝦米對上大鯨魚。

許航青帶著我們做操，並且囑咐我們絕對不能受傷，下午還有大隊接力。

我邊做操邊聽大會報告賽況，主持人是學校的活動組長，說話特別有趣，聽說他是康輔協會的幹部。

「現在是二年級男子組一百公尺賽跑。」

聞言，我抬頭，維持壓腿的動作望向一百公尺起點，可是人太多了，什麼都看不到，只好作罷繼續聽老師主持。

「二年七班蕭宇堯一馬當先！迅速地來到了我們的司令臺！根本就是綠色的光……說時遲那時快，二年十四班的許永動追上來了！究竟會鹿死誰手呢？兩人就要到終點了，就像虎與豹誰也不讓誰，許永動就要超越了！不對！蕭宇堯又追回來了！到達終點！高二一百公尺第一名是二年七班蕭宇堯，第二名是二年十四班許永動，第三名……」

場邊一片混亂，學生們歡呼著，我還聽見了有人大吼：「蕭宇堯明天開始早餐只准吃饅頭！」

這下文胤崴頭大了。

想到他懊惱的樣子我就忍不住勾起嘴角，見旁邊的張文茜一臉不解地看著我才正色繼續做操。

「二年級拔河決賽的班級集合！跟著志工走！」

我們班迅速整好隊，然後齊刷刷地往操場前進，第一場就對上十六班，看到隔壁隊伍最後那兩個一百公斤的人，忍不住咽了口口水。

縱使我們班已經被譽為「拔河戰神」了，對上十六班還是只能像布娃娃一樣被他們拖著走。

第二場比賽我們班像是打通了任督二脈，對上十三班毫不留情，好像把剛才戰敗的怨恨都抒發在他們身上，一蹲下就往後走，沒多久就結束戰局。

我們班得到了第三名，而十六班不負眾望，勇奪冠軍，我們班也算是與有榮焉了。

早上賽程就這麼結束了，大隊接力向來是運動會的高潮項目，班上瀰漫著緊張又亢奮的氣息，一眾女生都吃不下飯，拿起手機就是為在一起照相，好像拍了照，時光就能就此停留。

我隨意扒了幾口飯，然後就沒了胃口。

不會是中暑了吧？

正當我在思考該如何處理這油膩膩的便當時，手機突然震動了起來，打開一看，居然是徐以恩來電。

「如瀅！我和同學來翰青了，可是一直找不到你們大樓。」一接起電話就是徐以恩雀躍的聲音。

「真的嗎？妳在哪裡？我去找妳？」

「我在紅榜那邊。」

「好，等我一下。」

我快速奔向紅榜，看見徐以恩正和旁邊同學對著紅榜指來指去，似乎在看認識的人是否榜上有名。

我喊：「以恩！」

她轉頭看我，喜出望外，立馬衝過來對我又是抱抱又是亂揉我的頭髮。

「妳怎麼都沒有長高啊？是不是都在讀書沒有出去曬太陽？」

「妳當我是植物啊？豆芽菜也是不照光才長比較高啊！」我笑。

「好啦！翰青年級第三可不是浪得虛名的。」說著她還轉頭對旁邊同學說：「看吧！我在翰青的朋友都很厲害。」

「要是妳有他們一半厲害，上次段考數學就不會考三十分了。」

「是三十九分！妳少算九分了！」

我笑看他們鬥嘴，偶爾插嘴幾句損徐以恩。能和老友相聚，其實還挺不錯的。

以恩的朋友找到二年級大樓便和我們告別了。我和以恩介紹自己的教室，又絮絮叨叨學校哪個老師教得好，我不喜歡跟大家擠廁所，喜歡繞過操場順道看看球場上揮灑汗水的學生，到人煙稀少的科教大樓上廁所，只是路途遙遠，每次上個廁所都要搞到上課遲到三分鐘。

「看不出來妳一副清心寡慾的樣子，居然會為了看男生而繞遠路上廁所。」她得到這個結論，一副錯看我的樣子，「說！哪個男的讓妳這麼死心塌地？」

我白她一眼，「誰像妳這麼花癡？這只是一介讀書人的怪癖。」

其實她說得沒錯，偶爾運氣好時，在漫漫「小解之旅」時能聽見一聲「盯好文胤崴！」忽然望見，文胤崴穿過重重防守，一個後仰跳投，射籃得分，然後一陣歡呼，隊友們紛紛過來和他擊掌，他嘴角噙著笑，得意洋洋地睥睨全場。

他從未發現我的目光，從未發現我正仰望著他，從未知道這對他而言稀鬆平常的日常，竟成了某個庸庸碌碌之人的青春剪影，最精彩的一塊，藏在心底，無人知曉的祕密。

我和徐以恩從天聊到地，她還不忘提醒我下禮拜六是他們的運動會，最好排除萬難去看看她的英姿。

「好啦好啦！草民必定會出席的！」我笑說，還煞有介事地做是要磕頭，她這才滿意地擺手說：「平身。」

直到班導經過，看見我們倆盤腿坐在洗手臺旁，不太雅觀，就趕緊叫我們起來。

「如瀅該回班上囉！我有好消息要說。」班導催促著我。

徐以恩握著我的手，依依不捨地說：「我也要回去補習了。」然後從包包裡拿出兩罐運動飲料，上頭還用大號簽字筆寫「以恩加持，包準有效」，「這個給妳和文胤崴，包準喝了變飛毛腿，倒追人家十圈。」

我接過飲料，嘿嘿笑說：「謝謝。」然後和她揮手道別。

回到教室後，班上似乎沒那麼亢奮了，有些人正伏案休息，有些人依舊在照相，教室沒有開燈，外頭烈日穿過窗戶，少了那幾分熱烈，多了幾分柔情，灑在這平日貌似囚禁著我們的教室。

班導打破寧靜，走上講臺，雀躍地說：「我剛遇到活動組長，他說我們運動員進場得到最佳創意獎啦！」

老師話語一出，惹得全班歡聲雷動，原本睡著的人也被吵醒，轉頭問附近同學發生什麼事了，知道我們得獎又是一陣尖叫。

男生們犧牲色相總算是沒有白費。

「他還跟我說，我們班是精神總錦標熱門人選之一，下午加油點！我們今天要拿下所有的獎！」

聞言，班上再度點燃熱血，吳睿鈞那幫男生立刻說該下去熱身準備痛宰對手，杜嫣然等方才還在照相的女生也饒富興趣地召集大家下去熱身。

你可曾有過那種感受？一幫人同舟共濟，為著同一目標奮鬥。真的，特別好。

集合時間未到，我們班就已回到休息區準備，男生們喝水拿毛巾出來等會擦汗，女生們擦防曬準備跟毒辣辣的太陽決鬥。

休息區上不只有我們班，七班也來了，文胤崴和蕭宇堯他們正在做操，作為大隊接力冠軍有力人選，他們果然也在努力著。

我拿著徐以恩剛才給的運動飲料，走到他身後，他正在做低壓腿，伏著身子，吃力地試圖碰腳尖，我把飲料放到他光滑的脖頸旁，只見他全身一抖，略帶慍色地轉頭看我，咬牙切齒地說：「李如瀅！」

我笑嘻嘻地把飲料遞到他面前，「以恩給的。」

「徐以恩有來啊？」

「對啊。只是剛才走了，要回去補習。」我說，然後怕話題就這麼結束了，又補了句：「加油。」

「妳也是。看不出來其實妳跑得挺快的，我之前體育課看到還很訝異。」他一邊轉腳踝，一邊說。

我一驚，「你看到啦？」

那個瞬間，我差點就要問：「那我有臉抖嗎？」

「我還有幫妳加油呢！害我們班女生都罵我窩裡反，多委屈啊！妳都沒聽見嗎？」

我搖頭，心底一暖，沒想到他都有看在眼底，整個人就像泡在上好的蜂蜜裡，甜而不膩。

「李如瀅！快回來熱身！」張文茜的喊叫聲傳來，我只好和文胤崴道別，回到自己的休息區。

一回來張文茜劈頭就說：「要送東西給文胤崴為何不叫書榆幫忙？我們要替她製造機會啊！」

為什麼我要請林書榆幫忙？

我蹙眉，突然望見張文茜身後的林書榆臉色不太好，卻還是打圓場：「沒關係啦！就算如瀅叫我送去，我大概也不敢開口說話。」

縱使再不滿，我也只是陪笑：「抱歉，剛才沒想太多，下次一定叫上妳。」

他們沒有再追究，隨便找話題化解剛才尷尬的氣氛。

我的內心有點酸澀，明明剛才是那麼得興高采烈。有誰會為我這份單戀有所進展而高興呢？

一掃陰霾，許航青帶著我們繞校園跑步熱身，高一接力已經準備開始了，我們大步邁進，用最短時間做最有效率的熱身，終於結束就大口喘氣。

「大家都沒事吧？男生跟著我，女生跟著劉亭容走，去檢錄吧！」許航青說，然後氣沉丹田，大喊：「二零五加油！」

我們熱血沸騰，懷著激昂情緒向前邁進。

回到司令臺時，高二已經開始檢錄了，體育老師見我們姍姍來遲，面有慍色，卻礙於時間沒有多說什麼。

劉亭容一邊傳號碼衣，一邊叮嚀我們傳接棒要順，助跑不可以超過接力區。

穿上號碼衣後，我們圍了個圓，搭著肩，畫面看來氣宇昂然。

「大家伸手吧！」

我們伸出手，交疊在一起，沒有任何口號，團結一心，極有默契地喊：「加油！」

體育老師的哨音響起，就像敲響戰爭的鐘聲，領著全高二女生跑向操場。

「接下來是高二女子組大隊接力，相信高二同學經過翰青一年的訓練，接力賽必定更加精采，看操場上的女孩誰也不讓誰，究竟誰會勝出呢？」活動組長滔滔不絕，使氣氛更加昂然。

我站在操場的另外一側，闔眼模仿田徑選手意象訓練。

文胤崴說我跑得很快。

文胤崴說會替我加油。

睜眼時，女生第一組已經快要結束了，活動組長一下飛毛腿，一下速度直逼高鐵，害得我都忍不住笑了起來。

我和班上同學們坐在一塊，互相打氣。一聲槍響，打斷我們的對話，第一組比賽已結束，而我們就要上場了。

我們迅速列好隊，屏氣凝神，好像《七龍珠》裡孫悟空要集氣發射元氣彈，向全地球借力。

「預備——！」

只見第一棒劉亭容屁股一抬，蓄勢待發。

砰——

第一棒已出發，我們叫破喉嚨大喊：「亭容加油啊！」

劉亭容是我們班最快的女生，腿也很長，一步就是我的兩步，在賽跑上有極大的優勢，她現在也暫居第一，以這勢如破竹的攻勢，交棒給第二棒的陳語心。

記得上場前陳語心還信誓旦旦地說跑步絕不會臉抖，可現在的她為了班級榮譽哪在意這個呢？雖然她現在的臉被風吹得面目猙獰，害我跟旁邊的杜嫣然、張文茜都不爭氣地笑了，但她那如風一般的英姿實在帥氣。

第三棒要搶跑道，我們班目前仍是第一名，只是快要被後頭奮力奔馳的十班女生給追過了，在接棒時終於和我們班並列，我們班就這樣被超越了，暫居第二。

「加油啊！」

不知是第幾聲喊叫聲了，我的喉嚨早已變得乾澀，卻還是用力地喊了一聲又一聲。

第五棒時，我們班再度被十七班超越，列居第三。

我和杜嫣然手拉著手，平日交情並沒有很好的我們此刻共同喊著：「文茜加油！注意接棒！」

第六棒的張文茜腿也很長，一起跑就是猛烈的攻擊，不一會兒就追上十七班，離十班還差一點。

我是第八棒，在張文茜起跑後立刻補位，原本站在第二道好整以暇地準備接棒，不料彎道時第七棒又被十七班超越，只好退到第三道，朝第七棒招手大喊：「我在這兒！」

見她只離我十公尺，我開始助跑，後頭奮力一聲「接！」我堅定目光，接過接力棒，朝前方大步奔馳。

「如瀅加油！」

「李如瀅快追到啦！」

場邊的加油聲好像離我很遠很遠，我無法聽得清楚，也不曉得這加油聲中是否混雜著文胤崴的聲音。

我感覺有些呼吸困難，越過一半的彎道後又調整了呼吸，感覺整個人跑起來更舒暢了。

我突然聽見了歡呼聲，只見前方只剩一個對手，我加快步伐，就要追到她⋯⋯

最後的直道，我近乎用盡了全身力量，突然再也不見剛才前面那個背影，映入眼簾的是準備接棒的班上同學。

「接！」我大喊。

棒子總算傳出去，我放慢速度，卻不敵慣性，撲倒在地上。

張文茜衝過來拉我起來，我抬頭看見她雀躍不已，眼睛像是有點點星光，對我說：「如瀅，妳剛才超強的！因為妳，我們班又領先了！」

「真的嗎？太好了……」我笑，然後在她的攙扶下遞交號碼衣，繼續觀戰。

第九棒接棒也相當順利地傳給了第十棒的杜嫣然，杜嫣然動作輕巧，像是一隻靈動的妖精，在跑道上翩然起舞。

我們都對她相當有信心，然後，在過最後的彎道時，杜嫣然那如舞者的身姿卻像是失去了電力，像是殞落的流星，倒在場邊。

「嫣然——！」我們幾個驚呼。

只見對手一個個超越她，而她奮力起身，跛著腳繼續向前，面容盡是痛楚。

好不容易終於傳棒給班上飛毛腿之一的薛曉萍，我們快速奔向杜嫣然那兒要去看她的傷勢。

杜嫣然一臉痛苦地回到終點，倒在地上，淚流滿面，嘴裡不斷喃喃：「對不起……」

我不忍看平時開朗瀟脫的她這麼沮喪，溫柔地說：「對不起什麼？妳沒看到曉萍又追到第三名了嗎？」

她沒有回答，然後就被醫護組搬上輪椅，推回保健室。

我當下很想追過去，卻被班導給拉住了。

「如瀅，讓她冷靜一下。」班導拉著我，眼底盡是不忍。

我只好跟著大家繼續替班上加油，最後一棒的楊家晴好像被剛才的狀況給激勵了，跑得極快，好像已經刷新個人紀錄，無奈和第一名差距太遠，只有超越第二名，將我們班送上本組第二。

結束接力，全班女生回到休息區的帳篷，大家提起杜嫣然都忍不住哭了起來，既心疼她，又不忍接受這個結果。

「大家都很棒了！至少像是如瀅、家晴、曉萍都跑得很好，追了很多了呀！」班導安慰我們這群哭得像小花貓的小姑娘，然後說：「大家認真看男生們吧！我剛去看他們了，說一定會替我們報仇。」

聞言，我們紛紛拭去淚水，專心觀看男生組比賽。

我們班男生是第一組，而第一組除了我們班外都是自然組，就人數上來說的確是居於弱勢。

許航青走到第三道起點，蹲在地上，手貼起跑線，架勢十足。

突然班上有個女生大喊：「許航青要是失誤饒不了你啊！」

只見他皺眉，一臉就是「臭婆娘嘴巴給我放乾淨點」。

砰——

槍聲響起，他相當給面子地領先其他一眾自然組男生，惹得我們團結的社會組又大喊：「社會組！社會組！加油！」

我們班男生並不弱，只是人數不多，導致重複的兩棒的體力都被削弱了。

原本還領先，到第六棒後就落到第三名，直到最後兩棒才重新追回來，最後得到了分組第二名，跟第一名只有一步之差。

「沒關係啦！搞不好我們最後是全年級第二啊！」陳語心笑嘻嘻地說，她這樂觀的態度也讓我們氣氛不再緊繃，放鬆地觀戰。

七班是第三組，只見預備時蘇墨雨在跑道上跳呀跳，體育課和七班友誼賽多次，他們總是這樣殺氣十足。

「年級第一不會是跑步也要爭第一吧？」班上男生們回到帳篷，吳睿鈞一副看戲的樣子，一邊擦汗一邊說：「李如瀅今天應該也可以成為ＭＶＰ，且待我們蘇墨雨跟文胤崴是否也能保持這股翰青頂端學生的精神。」

我斜睨他一眼，看個比賽也有這麼多話。

砰——

槍聲響起，蘇墨雨像一根位在繃緊的弦上的箭，彈了出去，縱使看過很多次，我們還是忍不住讚嘆這年級第一果然不是普通的書呆子。

勢如破竹、銳不可擋，這些詞彙就是用來形容此刻的七班。

原本在友誼賽上略顯緩慢的第二棒此刻也因蘇墨雨的領先而顯得比其他班出色許多。

要輪到文胤崴了！

我雙手合十，祈禱等一下不要出什麼差錯，只見他動作流暢地接過接力棒，直接切入第一道，此時已經領先第二名逾半圈。

「文胤崴！加油！」

我沒害沒臊地大喊，看著他逐漸遠去的背影，我突然感到有些澎拜，是不是每個人都曾這樣過？望著一個與自己無關的青春，慷慨激昂，好像他的勝利就是自己的一樣。

好在班上也在怪叫什麼哪班很帥，落後的那個班的第二棒是個大胖子，我們班同學還是相當熱血地對他喊加油，沒有人注意到我的窩裡反。

文胤崴沒有臉抖。

我有些失落，果然無法讓林書榆不去喜歡他，可是也因他就算用盡力氣面容依舊瀟灑而感到高興。

唉！少女心真是複雜。

七班不負眾望地倒追對手一圈，成為分組第一，在最後一棒蕭宇堯經過終點時，全校同學都歡呼起來。

「太驚人的速度了！恭喜二年七班！」活動組長驚嘆，在他的讚嘆聲下，高二男子組大隊接力於焉結束。

我們繼續觀戰，看陷入學測苦海的學長姐像是在逃出指考地獄一樣向前衝，其中高三語文資優班的學長大概是覺得獲勝無望，居然全部人穿上印有辣妹圖案的T-Shirt，人家接棒都是喊「接」，而他們卻是面色痛苦地大喊：「我不要指考！」表情是如此地真摯，我們不禁對他們這般精神肅然起敬。

當我在看高三男生組戰況激烈時，突然聽到有人大喊：「嫣然回來了！」

我回頭一看，看見杜嫣然眼睛還有些紅，但是臉上已無淚痕，她跛著腳，然後手緊緊勾著一個身材高挑的男生的手。

是文胤崴。

我不敢置信地看著他們，轉頭看見林書榆表情同樣不好看。

怎麼會這樣？

為什麼？

此時此刻，我不管文胤崴是否出於好意，腦袋裡只有蹦出一個又一個問號，無法思考。

「文胤崴？你怎麼會跟她回來？」班導也是七班的國文老師，見狀忍不住問。

「我去保健室借冰塊要給同學冰敷，剛好遇到她。」文胤崴說。

那你們為什麼手會勾在一起？

我緊緊皺著眉，眉頭都快擰在一起了。

「好，謝謝你。」班導說，然後扶著杜嫣然坐下。

杜嫣然回頭望著文胤崴，感激地說：「謝謝你，文胤崴。」

只見文胤崴一笑，眼神溫柔，說：「不會，下次難過時，不要自己一個人躲著，好嗎？」

然後他就轉身離去。

我以為自己能跟他打聲招呼，能夠跟他說，嘿，你真的跑得很好，有聽見我的加油聲嗎？

可是他好像根本沒發現我的目光，就像每次，偷偷望著他一樣。

我都懷疑那些時候我是否真的存在過了。

大家圍在杜嫣然身邊噓寒問暖，並安慰她今天表現很好了，我們還是分組第二了呀！

我本想一起慰問她幾句，可是最後還是無力地坐在跑道旁繼續觀戰，即使我在看的並非比賽，而是越過操場，正在和同學打鬧的文胤崴。

最後不忍看下去，把頭埋在膝蓋裡，不再思考剛才的一切。

全天賽程結束，我們回到各自的掃區打掃，準備迎接晚上的頒獎典禮和煙火大會。

美其名打掃，我們最後還是聚在一起拍照了，不少人跑來找我，笑說一定要找今天MVP拍照。

杜嫣然恢復了精神，坐在椅子上召集全班女生一起拍照，和平常一樣，充滿活力，好像下午那個在文胤崴旁邊無助的她不曾存在過。

我也希望如此。

我們又是比YA，又是歪七扭八地比愛心，大家表情都相當燦爛，縱使今天並不是完全美滿，仍是高中生活中珍貴的回憶。

在笑鬧聲中，運動會也迎來了最後一章。

我們在操場上集合，大家都相當雀躍，現在也不似早上那樣炎熱，正是適合頒獎的時候。

後頭的人突然點了點我的肩膀，只見她招手要我湊近她，「等一下頒進場的獎時我們就把嫣然推出去，然後繞操場跑一圈吧！」

聞言，我忍不住笑，「妳是要我們讓嫣然坐輪椅飆車是吧？」

她也忍不住笑了起來，「好啦！趕快傳話吧！」

獎項先從拔河頒起，身為拔河季軍的我們老早就想好要叫許航青學摔角選手或是相撲選手走上臺了。

許航青也是百般不願意，但見今天大家今天團結一心，只好犧牲色相了。

「高二拔河第三名是二年五班！」

活動組長一宣布我們就把許航青拱出去，只見他紅著臉學相撲選手拍手，用力踏地，惹得全校哈哈大笑。

「哇！不愧是大力士二年五班，果然架勢十足。」

還好後來許航青因此登上了「告白翰青」，不然我想他大概之後會記仇到二十年後的同學會。

「接下來是運動員進場的獎項。最佳創意獎得獎的是……二年五班！」

活動組長話語剛落，我們就全班起立，跑到隊伍最後坐在輪椅上不明所以的杜嫣然旁邊，然後推著她繞操場跑一圈。

在跑步的過程中，我看見了大家都在笑著，而杜嫣然眼淚又準備潰堤，我跑到她旁邊，遞給她一張衛生紙，誠懇地說：「謝謝妳，嫣然。」

她接過衛生紙，嗚咽哭了起來。

「喂！二年五班跑快一點啊！我們還有很多獎要頒！」活動組長不耐煩地催促我們，全校師生看著我們這樣熱血的行為忍不住哈哈大笑。

我不曉得文胤崴是否也看著。

我也不敢想這個。

總算是到了終點，我們將嫣然推上臺，然後讓已經預備好照相的頒導在臺下紀錄這最美好的時刻。

我們最後因為大隊接力失利，並沒有得到精神總錦標。

記憶中的高二運動會就像那天晚上的煙火一樣。

大家一邊抱怨煙火放完PM2.5，一邊興致勃勃地欣賞在夜空綻放的朵朵煙花。可等到都放完時，不覺有些悵然若失。

也許好時光就是一瞬即逝的煙火，在想要照相留念時，卻已經消失殆盡了。

第六章　印記

運動會結束後，校園重歸寧靜，好像前些日子的騷動不曾發生過，十一月很快又過去了一大半，又是一次段考即將到來。

吳睿鈞他們依舊在課堂上說笑話；張文茜依舊逮到機會就損林書榆；杜嫣然依舊上課玩手機；我依舊上課都看閒書回家奮筆疾書。

只是，有些事正在這如流水帳般的日子悄然改變著。

「文胤崴！快點！」

文胤崴推開門，打了個大大的哈欠，一副沒睡飽的樣子。

我問：「昨天幾點睡啊？」

他又打了個哈欠，「十二點，化學作業多到誇張。」

我對他投以同情的眼神，然後趕緊催他去搭校車。

上校車後，我一如往常地拿出早修週考的英文來背，只見文胤崴沒有念書，也沒有補眠，而是拿出他的手機敲敲點點，不知是用哪個輸入法，按個鍵就震動。

他掛著笑容，不知是在和誰聊天，也許是蕭宇堯吧。他傳完一段後就闔上手機，笑著進入夢鄉。

他在和朋友說笑話嗎？

怎麼那麼開心呢？

我拋開這些問題，專心在英文雜誌上這篇cloze。

「我現在要發美術習作，老師說字體設計的作業段考前交。」

剛考完英聽美術小老師就從公物櫃搬出一大疊書，一本一本放在排頭，然後再往後傳，我接過前面同學傳來的美術習作，一翻開來是上次撕掉的那頁，沒有撕乾淨，還留有一點痕跡。

再往前一頁翻，看到了那顆髒兮兮的蘋果，還有旁邊老師用鉛筆寫的評語以及分數，灰色的79分顯得特別灰暗。

「光影沒有清楚呈現，橡皮擦沒有擦乾淨。」

我盯著評語，想也沒想地闔上書本，把它扔進抽屜裡，然後偷瞄旁邊的林書榆的分數，92分。

我告訴自己反正學測不會考美術，心裡卻有一種不明的感覺隨著望見那顆髒蘋果而生。

又是一節體育課，運動會後體育課重歸翰青極不重視的閒科之一，老師也不再逼著我們運動，由儉入奢易，我、張文茜、林書榆再度成為體育課坐在司令臺上發呆的那一掛人。

跑完步後，我們坐上司令臺，我繼續看早前借來的席慕蓉詩集，而林書榆、張文茜則隨口抱怨哪科報告多。

自從運動會後，我越來越不想和他們聊文胤崴，大部分時候，我都在看書或是算數學，只有偶而他們硬要徵求我的意見時才會隨便敷衍幾句。

這種時候，我總會特別想念徐以恩，這個話題相近而又尊重我的朋友。

「其實，我有點想跟他告白。」

林書榆突然這麼說，我猛地抬頭，看見她臉色緋紅。

「為什麼？」我問，問完就後悔了，什麼蠢問題啊！不就是喜歡才告白嗎？

「因為眼看就要高三了，我想在期末前理清這段感情，要是成功了還能以女朋友的身分幫他慶生……」她的語氣堅毅，只是到最後提到「女朋友」後就越來越小聲。

「才剛考完第一次段考妳就想到高三去了，妳的高中生活是光速過去的呀？」我揶揄，其實內心也是認同她的想法，也該理清自己的感情，專心在課業上，這是我沒想過的事，畢竟有些話說出口就是覆水難收，儒弱如我，只想貪戀於小心翼翼保護這段珍貴的感情的時光。

張文茜聞言撫手大笑，「我覺得可以呀！平常文胤崴不都會和妳打招呼嗎？至少這代表他心底記得妳呀！有好幾個向文胤崴告白的人，文胤崴連他們的名字都不知道呢！」

「可是他也會跟如瀅打招呼啊！」

其實不只是我和林書榆，自從運動會後，文胤崴看見杜嫣然也會微笑打招呼。

「哎呀！不試怎麼知道？」張文茜說，然後突然轉頭對我說：「不然如瀅去打探一下文胤崴是怎麼看書榆的。」

「啊？」我面露難色，「要是露餡了怎麼辦？」

「以妳平常寫作文的功力，一定可以瞞天過海。」

什麼鬼？

林書榆懇切地望著我，我被她盯得不自在，也沒有理由拒絕，只好點頭答應：「好，交給我吧。」

我繼續翻書，突然看到這麼一首詩：

不要因為也許會改變，
就不肯說那句美麗的誓言。
不要因為也許會分離，
就不敢求一次傾心的相遇。

放學前張文茜千交代萬叮嚀就算用吐真水也要從文胤崴那裡問出個所以然，搞得我一看見文胤崴就渾身不自在。

今天我們幸運在平常一位難求的校車搶到座位，我坐在窗邊思索要如何開口，而他在旁邊玩手機，和早上一樣，在和別人聊天。

「哪來那麼多話，可以從早聊到晚。」我隨意打開話題。

文胤崴「嘖嘖」一聲，依舊在低頭打字，「這妳就不懂了。」

「何時我們二爺也這麼長舌了？」我嘆。

他嘿嘿一笑，關上手機，沒有多說什麼。

我見正是時機，一鼓作氣把剛才編出來的話說出來：「你之前不是和書榆同班嗎？我到現在還是和她不太熟，想知道她為人如何。」

他皺眉，狐疑地問：「不熟？那你們怎麼還整天黏在一起？」

「她和文茜比較好。」

他沒有再追問，逕自回答：「她人挺不錯的，盡責。你們倆應該相處得來的。」

「嗯。」我沉吟。

我知道，就是在她因盡責而自責時才會喜歡上你。

他的手機又震動起來，他馬上打開來回話，我偷瞄聯絡人是誰，卻還是未果。

到底是誰讓他整天掛記著手機呢？

隔天一到學校，張文茜就拖著林書榆來找我。

「妳今天是來報喜的嗎？」張文茜搓手，八卦兮兮地問。

「他說書榆人不錯，很盡責。」

聞言，林書榆臉突地紅了起來，惹得張文茜嗷嗷大叫，林書榆受不了她的反應，連忙追打她，在教室裡你追我跑，結果迎面撞上正從後門走進來，邊走邊低頭滑手機的杜嫣然。

林書榆忙向她賠不是：「抱歉，嫣然。」

杜嫣然笑笑，「沒關係。」然後重新戴上耳機，悠然自在地回到自己的座位。

「你們倆小心點！別鬧！」我忍不住罵。

「好啦！那我們去外面擬定作戰計畫。」

我還來不及拒絕，張文茜就拖著我和林書榆往外跑。

為了避免被別人聽見，我們走到行政大樓三樓的家長會辦公室旁邊，反正平常家長會也不會開會，正好適合我們談秘密。

「呃……我們真的要這麼做嗎？」林書榆遲疑地問。

「沒告白怎麼知道他喜不喜歡妳？」張文茜語氣不容拒絕。

我汗顏，到底為何要憑這點資訊就告白？

「就算被拒絕，妳也可以繼續喜歡他，告白不只是要請求結為情侶，而是讓人知道自己的心意，也能引起他的注意，讓他更在意妳。」張文茜說得頭頭是道，也不曉得這話是從哪本芭樂愛情小說抄來的。

林書榆面露難色，看著我倆一臉殷切——只不過我和張文茜殷切的點顯然不一樣，終是開口：「好，那我試試。」

張文茜滿意地拍拍她的肩膀，就像領主託付任務給騎士一樣。「我們一定會幫妳的。」

我的心情很複雜，突然有個念頭浮上腦海：「要是林書榆被拒絕就好了。」立時被這個想法給嚇到，我怎麼可以這麼壞心呢？上次聽到文胤崴拒絕人竊喜還好說，可是林書榆是我的朋友啊！

「如瀅，妳能幫忙我寫信嗎？幫我修一下就好了。」林書榆突然對我說，眼神懇切，直勾勾地盯著我，好像要看穿我似的。

我心虛地頷首，「好。」

早上第二節是國文課，班導正在教我們如何利用排比句豐富自己的作文。

「我本來不想教這些的，可是上次段考七班的作文讓我大吃一驚，亂七八糟，寫了一些不文雅的字還說在用『飛白修辭』，你們不是大文豪沒資格用這個啊！有些人作文篇幅太短，這種時候可以用排比句，既可以拉長句子，又可以增添新意……」

五、六、七班的國文都是班導教的，據說上次段考七班的作文可謂「精采絕倫」，有人寫自己在路上遇到老人家講古，他每次作文總會出現一個老人家，我都懷疑這世上真有那麼多老人在外亂晃又逢人就說人生道理，還有人例證寫了一堆科學定理，讓脫離理科已久的班導一頭霧水。

當我正聽得撫手大笑時，鄰座的林書榆把一張紙放在我的桌上，一看居然是計算紙，摺得方方正正的，我第一眼看到的就是算錯的圓外一點與圓的最短距離的題目。

「妳上國文課算數學就算了，還解錯。」我小聲地揶揄她。

她白了我一眼，「妳才國文課解數學，打開來看，我在訓練文筆！」

我打開那張計算紙，看見裏頭滿是鉛筆字，塗塗改改。

記得初見是在高一時，你被選為班長而我是副班長，兩人站在臺前，你轉頭對我微笑，說：「請多指教。」多麼平凡的開場啊！要是能回到以前，我一定會想辦法讓你印象更深刻的。

你還記得合唱比賽嗎？你總是那麼熱心，要不是有你的幫忙，班上同學搞不好連理都不想理我呢！除了熱心，你也是那麼溫柔，在我因為輸了而哭泣時安慰我，如瀅告訴我，你說我人不錯，負責任。你知道得知這個消息時我有多麼高興嗎？

她見我面色凝重，小心翼翼地問：「還可以嗎？」

不是我要說，整段文字沒頭沒尾，沒有切中要點，如果這是學測作文還真不知道能拿幾分。

我從抽屜中抽出另一張計算紙，執筆寫下：

縱使高二不在同一個班，我的目光還是不斷地追隨著你，大隊接力為你喝采，看到你考了好成績而洋洋得意，聽到有人稱讚你而心生同感……明明不是自己的成就，你懂那種為了一個事不關己的青春患得患失的感覺嗎？

我喜歡你那像得逞的頑皮小孩的笑容，背著陽光迎面走來一塵不染的樣子也喜歡，為了數學而緊蹙的眉頭也喜歡，幹練的北京腔也喜歡，漂亮的行楷也喜歡，後仰跳投時後腦勺飛揚的幾根髮絲也喜歡，呼喚我的名字的樣子也喜歡……

我無法奢求你的喜歡，只想，要是你在看這封信時嘴角噙著笑，這樣就夠了。

我笑著寫下「了」字最後的一個勾，字體稱不上飛揚，卻飽含了真意。

我曾想過，要是有天和文胤崴告白，那就寫下這段話吧！只要能讓他知道那熱切的目光下懷著什麼心思，這就夠了。

只要他知道後，能因此感到開心，這就夠了。

我把兩張計算紙摺好，還很多事地幫她把錯的式子訂正，趁著班導不注意，偷偷傳回林書榆的桌上。

她瞥了我一眼，然後打開紙來仔細端詳，露出了滿意的笑容，說：「就連班導剛才教的排比句也用上了。」說著突然換上嚴肅的表情，「可是我覺得最後一段不行，到底要不要他喜歡？」

我蹙眉，林書榆想的和我不一樣，人家可是破釜沉舟，哪像我，一點行動也沒有。

「我覺得……」我張口解釋，突然班導就喊：「如瀅！認真點！妳來跟我們分享一些作文能引用的句子。」

頓時，全班都齊刷刷地轉頭看我，看得我臉都有些紅了。

我有些緊張地說：「我是不知道能不能用在作文上啦！我特別喜歡這句：『眾裡尋他千百度，驀然回首，那人卻在燈火闌珊處。』」

無論兜兜轉轉了幾回，一回首，忽然望見，那個人依舊在等待自己，不用任何言語挽留。

班導聽完我的回答，看起來沒有很滿意，畢竟大考作文牽扯到愛情就容易偏題，而且我平常總愛引用一些無人知曉卻蘊含人生哲理的「有人說」——其實都是我瞎掰出來的。

林書榆看著我，然後又低下頭在我的那張計算紙上刷刷地寫些什麼。

後來她也沒有再給我看情書的內容，最後那段究竟改成什麼樣子我也無從得知。

「既然情書都寫完了，妳何時打算行動？」

午餐時間，張文茜拿著便當，大剌剌地坐在林書榆前面的位子，劈頭就是這個問題。

林書榆緊張地環顧附近，發現沒人在注意我們就小聲地說：「我今天晚上會傳訊息給他，明天中午找他出來談。」

居然這麼快。

我面色如常，內心卻是十分焦慮。

於是我以去洗餐具為由，趕緊離開這個話題。

我一邊洗餐具一邊整理思緒，要是文胤崴答應她了怎麼辦？

「如瀅，吃飽了啊？」

突然有個人叫喚我，回頭一看是杜嫣然。

我頷首，「今天的便當不太好吃。」

「我也這麼覺得。」她到我旁邊洗手，突然一聲「叮」響起，她侷促地從口袋拿出手機，尷尬地對我笑笑，「我忘記關靜音了，好在不是上課。」

我對她露出寬和的笑容，她這才安心地拿出手機來看，打開來回人訊息。

不知道是不是我的錯覺，那個瞬間我看到了一個熟悉的人名，後來又甩開這個念頭，他們又不熟，怎麼會聯繫？

再度回到教室，林書榆和張文茜正在用手機看EXO出演的綜藝節目，看得津津有味，一看到我回來就說：「如瀅妳看過這期節目了嗎？我快被伯賢還有燦烈笑死了，伯賢真不愧是妳最喜歡的成員，太可愛了。」

我搖頭，他們至今仍不知道我最喜歡的是鹿晗。

我到底在彆扭什麼呢？無論是鹿晗還是文胤崴從來都不屬於我，我為何要用這種奇怪的態度面對自己的朋友呢？

我突然沒頭沒腦地說：「書榆，加油。」

我能做的只有跟妳說這聲「加油」。

林書榆的雙眼瞬間蓄滿淚水，跑過來抱住我。

對不起，我做不到祝福妳。

「謝謝妳，如瀅。」

我回抱住她，輕輕地拍她的背。

隔天早上林書榆一副暈呼呼的樣子，整張臉都是紅的，看得我跟張文茜都有些不知所措。

最後我還是提起勇氣，傳了張紙條到她桌上，「妳還好嗎？」

她馬上就對我比了一個ＯＫ，然後示意我耳朵靠過來，小聲地說：「我約到他了，現在有點緊張，現在我該怎麼辦？」

我覺得有些好笑，低聲對她說：「我又沒跟人告白過……」

她一聽到告白二字就趕緊摀住我的嘴巴，我被她弄得很不舒服就趕緊大叫張文茜，張文茜看到我們扭打成一團，笑著把我們分開，然後問林書榆進展如何，聽完狀況就是大笑，然後回到自己座位拿了一包東西過來。

「這是什麼？」林書榆問。

張文茜一臉得瑟的樣子，像是獻寶一樣把裡頭東西一一排列出來，居然是整組化妝用品。

「這是我媽之前買給我的，一直沒有用，昨天聽妳說今天就要上戰場想說給妳用用。」

林書榆又是一副要哭的樣子，張文茜就摸摸她的頭，笑說：「可是我不知道怎麼用，怕妳等一下被畫成熊貓。」

一句話瞬間讓林書榆變臉，「還不趕快學要怎麼化妝！」

於是張文茜跟我就拿著手機查一些化妝的技巧，在林書榆臉上左擦擦右塗塗，居然也化出了點樣子。

「怎麼樣？」結束工作，林書榆緊張地問。

我打開手機的自拍模式，遞給她，「妳自己看吧。」

她看著手機裡的自己，眼眶泛紅，張文茜又痞痞地說：「漂亮小姐，要跟我出去兜風一下嗎？」

她害臊地打一下張文茜，惹得張文茜說：「這麼剽悍，怎麼會讓男人喜歡上？」

我們幾個哈哈大笑起來，只是越笑越覺得臉頰酸澀。

中午林書榆依約到學校生態池與文胤崴會面，她特別要求我們不要跟去，於是我和張文茜兩人就留在教室等她。

我有些緊張，為了緩和情緒就拿出小說來看，只是腦袋裡浮現的男女主角竟是文胤崴和林書榆。

早知道就看懸疑小說了。

「妳這沒良心的傢伙，好朋友現在正在水深火熱之間，居然還能看小說。」張文茜見我這般「悠閒」的模樣，忍不住說。

書也看不下去，我只好開始跟張文茜閒聊。

「不知道他們怎麼樣了。」張文茜說。

「不要緊張啦！會好的。」我答。

明明緊張的就是我。

「我好怕書榆會太緊張，結果什麼話都說不出來。」

「……我也覺得應該會這樣。」

就在我們聊到最近又有什麼考試時，林書榆進來了，面色如常，只是有些蒼白，不用問就知道發生什麼事了。

她回到自己的座位，趴在桌上。

我跟張文茜面面相覷，不知該如何是好。

過了約莫十分鐘，她總算是抬頭從抽屜裡抽幾張衛生紙來擤鼻涕，突然一聲「咕嚕」，臉上立刻像著火似的，轉頭對我說：「如瀅，我好餓。」

這個笨蛋飯都沒有盛就跑出去了。

我又好氣又好笑地走到置物櫃拿泡麵，然後到外面泡。

「失戀還只能吃泡麵……」

當我把泡麵端到她桌上時，她嘀咕。

我忍不住笑，「人家失戀都是難過得不吃不喝，妳居然還嫌。」

她認命地拿起筷子吃麵，泡麵熱氣使然，林書榆的眼鏡被霧氣給模糊了，讓我看不清她的表情。

張文茜跑到我們之間，安安靜靜地盯著林書榆吃麵。

林書榆吃完麵後，突然又嗚咽啜泣起來。

「我還特別化妝，好蠢，好滑稽……」

張文茜和我趕緊遞衛生紙，張文茜還小聲對我說：「完蛋了，我忘記帶卸妝水。」

「妳這個笨蛋！」我對她罵，然後對林書榆說：「別哭了，妝都花了，而且我們沒有卸妝水啊！」

聞言，林書榆帶著哭腔朝我們罵：「你們這群白癡！」然後又哭又笑的，撲進了我們的懷裡。

「書榆，妳是個勇敢的女孩。」我特別誠懇地說，要是我就絕對不敢這麼向文胤崴表達心意。

她哭得嗓子沙啞，卻還是堅強地對我們說：「放棄我這種這麼好的女孩是他的損失。」

我跟張文茜露出寬和的笑容，直說「是」。

「妳真的那麼喜歡他嗎？」張文茜小心翼翼地問。

只見林書榆哭得一抽一抽，「嗯，自從喜歡上他之後，好像整個世界都不一樣了，原本看見街頭上摟摟抱抱的白癡情侶覺得很煩，我卻在某個瞬間期盼起，要是某天能夠和他這樣子就好了。好像整個世界，因為他而變得溫柔。」

我語塞，好像被點中了內心最深的心事，動彈不得，最後還是伸出了手，輕輕地摟住她。

「沒事，妳會沒事的。」

沒事，我都懂，我全都明白的。

「只是，我沒有想到，他居然有喜歡的人了……」

我猛地抬頭，突然覺得大腦就像要斷線了一樣，什麼聲音都聽不見，在張文茜懷裡哭泣的林書榆的畫面就像默劇一樣，全世界就像只剩了我一人。

我忽然想起了那顆髒蘋果，畫技極差，甚至沒有用橡皮擦擦乾淨，果然無法得到任何好評價，或許這就是我，註定無法讓那個人傾心。

後來我再次閱讀席慕蓉的〈印記〉，突然覺得有些諷刺，無論是美麗的誓言亦或一次傾心的相遇，都是我可以企及的嗎？

「文胤崴有喜歡的人了……」

林書榆的聲音一直迴盪在腦中，無法消散。

放學後，我一如往常地和文胤崴一起去等校車，一路上沒有什麼交談，我不斷思忖林書榆中午的話，那個人究竟是誰？

「李如瀅。」文胤崴的叫喚聲把我的思緒拉回眼前，我趕緊侷促地回：「嗯？」

「上次妳說和林書榆不熟是騙我的吧？」他突然問。

我有些慌亂，想了下後才諾諾地點頭。

他嘆了口氣，「唉，妳這個笨蛋。」

我噤聲，的確，這件事從頭到尾就是場鬧劇。

「林書榆她……她還好嗎？」文胤崴的眼底閃過一絲自責，小心翼翼地問。

「除了心痛之外其他都好，我想她很快就會好了。」

他苦笑。

校車緩緩地駛來，他趕緊拉住我的書包背帶，拉著我走出重重人牆。

看著他的背影，我突然感到有些鼻酸，這寬闊的臂膀終究不是屬於我的，終有一天，他會拉著另一個人，穿越茫茫人海。

我強忍住淚意，深怕他一回頭，淚水就奪眶而出。

上校車後，他習慣性地讓我坐在靠窗的位子，等我就座後便說：「其實林書榆的信讓我挺感動的。有一段寫了好多我的特徵，我自己都沒有發覺原來我有這麼多習慣。我只是覺得，我沒有她說的那麼好。」

聞言，我別過頭去假裝看窗外風景，不讓正在眼眶打轉的淚水滑落。

李如瀅，這樣就夠了。

只要他知道後能夠有所感動，那就夠了。
那為什麼現在心還是那麼痛？
我故作平靜地回答：「你想要我說什麼？奉承的話我可說不出口。」
他撓頭傻笑，沒有多說什麼。
要是你知道信是我寫的，會怎麼樣呢？
「李如瀅，其實我一直想問妳。」
我轉頭望他，看見他有些侷促，便給他一個寬和的笑容，「你說吧。」
「就是……」他停頓了下。
「妳覺得杜嫣然這個人怎麼樣？」

第七章　陣雨

「妳覺得杜嫣然這個人怎麼樣？」

文胤崴像是鼓足了勇氣，認認真真地問我，就像解一道難題一樣，緊張卻又懷著幾絲興奮感。

我瞪大了雙眼，不敢置信地說：「你再說一次。」

「其實我有一點喜歡她。」

不要再說下去了。

我無助地看著他，就像蒙受無妄之災準備要被處刑的囚犯。

可是他沒有發覺我的目光，自顧自地說：「妳上次不是問我在給誰傳訊息嗎？就是她，傳訊息前都要想好久才能發送，看到她的回覆就特別開心，等到我發現時就已經喜歡上她了。」

我不想知道。

我壓低聲音，試圖讓自己看起來很平靜，「你喜歡她什麼？」

他似乎被這個問題嚇到了，想了許久才回答：「我喜歡她的率直不隱瞞。」

聞言，我就像是被重擊了一拳，我瞞著文胤崴，瞞著全世界，喜歡他這麼久，結果他居然喜歡一個率直不隱瞞的人。

「第一次看見她是運動會的時候，那時她不是哭得特別慘嗎？我看到時居然覺得這個人哭起來很漂亮，等到認識了以後才發現她笑起來更漂亮。

「性格也不錯，朋友也多，口碑特別好。」

我靜靜地聽他說，卻覺得在他面前無地自容。

現在的他是那麼的耀眼，就像太陽，可望而不可及，一伸手就會灼傷，就像現在的我，已經快要粉身碎骨。

我以為這一切只是一場惡夢，只是隔天醒來，文胤崴依舊捧著手機和另外一頭的杜嫣然聊天。

這是一場不會醒來的惡夢。

不知多少次，我想把文胤崴的手機丟出窗外或是直接摔到地上，最終還是下不了手。

這是第一次，我覺得文胤崴離自己特別遙遠，明明一直在身邊，明明就是觸手可及的距離。

「快要段考了，這次出題老師放話要讓全校平均不及格，大家最好回去講義要多寫，也可以去找別校的歷年段考考卷來寫……」

數學老師在臺上滔滔不絕的說，旁邊的林書榆上課不再走神，特別認真的把剛才老師發下來的考卷計算一次又一次，不再是當時拿計算紙當情書的草稿，而且計算錯誤一堆的女孩。

「杜嫣然！」

數學老師厲聲大喊，全班目光頓時聚焦在正在滑手機的杜嫣然，只見杜嫣然擺手說：「等我一下！我在問人數學！」

「老師我就在妳面前，還不問我！小心我等一下讓妳手機開飛航模式！」數學老師憤憤地說。

「呃，老師，為什麼要開飛航模式？」吳睿鈞不解地問。

「就是直接把手機丟到窗外，讓它飛航！」

聞言，一陣哄堂大笑，唯獨我勉強扯扯嘴角，毫無笑意。

因為那個在教杜嫣然的人就是文胤崴。

體育課時，我和張文茜、林書榆慢吞吞地跑操場，也許是怕尷尬，文胤崴不再跟我們打招呼，反倒是蕭宇堯和蘇墨雨會對我們微笑致意。

林書榆面色如常，不得不說她真的是個很堅強的女孩，能夠復原得這麼快。

我看見前方文胤崴追上正和陳語心邊散步邊聊天的杜嫣然，熱切地對她揮手，杜嫣然不知說了什麼，笑得特別燦爛，然後蕭宇堯也追上了文胤崴，用力地敲了他一記，一臉壞笑。

這副景象是如此地青春洋溢。

那種我無法擁有的青春。

我平常最喜歡看七班的男生打球，然而，現在看著卻覺得揪心。

文胤崴他們依舊笑得燦爛，大汗淋漓，卻不失那分耀眼。

當杜嫣然和她的朋友們在操場上散步經過球場時，文胤崴正準備投籃，看見杜嫣然，不知怎麼搞的，好像力量都被抽離了，球打到籃框彈了出來。

「文胤崴認真點！」

只見他跌坐在地上傻笑，笑得十分幸福。

我不忍繼續看下去，別過頭去，繼續算數學。

我以為這場惡夢很快就會結束了，很快，就不會再看見那個傢伙對著手機螢幕傻笑，不會一經過七班就看到他跟幾個朋友討論該如何回杜嫣然的訊息，不會看見他和杜嫣然擦肩而過時，突然加大音量，裝模作樣地跟朋友說：「我一直很喜歡莎士比亞的某句話……」

然而，這場惡夢就像雲霄飛車，漸漸駛向頂端，準備急速下降。

某天早上，文胤崴一掃平日愛睏的模樣，看起來相當興奮，一上校車就對我說：「李如瀅，我決定要向她告白了。」

我以為自己聽錯了，錯愕地看著他。

好像前陣子才聽林書榆說過類似的話，這陣子是怎麼回事？大家都發情期來了嗎？

「什麼時候？」我冷冷地問。

「今天放學。」他撓頭傻笑，「感覺是時候可以告白了。因為我一直覺得妳是我的知己，所以這件事我想要第一個告訴妳。」

我看著他，為了憋住淚水很努力地癟著嘴，我不想當你的知己，你知道嗎？你想要的不是知己是愛人啊。

我很想開口告訴他不要去，懇求他不要離開我，可是我卻連伸手拉住他的勇氣都沒有，連林書榆都不如。

「李如瀅，祝我順利吧！」他笑得燦爛，好像窗外陰鬱的天空也能因此明朗起來，他的笑容照亮了昏暗的校車，卻讓我的心布滿更多的烏雲，揮之不去。

我能不祝福你嗎？

我忽然想起南康白起的《我等你到三十五歲》，那句「我比這世上任何一個人都更加熱切地盼望他能幸福，只是，想起這幸福沒有我的份，還是會非常的難過。」

我一直以為，自己在面對他接近幸福的那刻能夠朝他張開雙手，笑著和他告別，這世上沒有人比我更希望他能夠幸福，然而，只要一想到這份幸福與自己無關，還是會忍不住想要自私地拉住他的手。

但是僅止於「想要」而已。

我沒有回應，好像一開口，就會暴露此刻慌亂的情緒。

我轉頭望向窗外，心情就像窗外，烏雲密布，好像就要下起了陣雨。

雨水的氣味瀰漫於空氣中，我向來是喜歡這個味道的，縱使文胤崴偶爾會笑我這是酸雨的味道，都是你們這些文青太多情了，我仍然為這股味道癡迷。

因為在某個春雨的夜晚，在那個瞬間，我對那個少年傾心了。

雨一直下到下午都沒有停止，和我的心境一樣，淋得溼透透的。

一整天下來我都在注視著杜嫣然，看著她的燦爛笑容，光芒萬丈，就跟那個少年一樣。嘴裡時不時會爆出幾句髒話，不在意成績而睥睨我們一眾為了亮眼的成績單讀得要死要活的人。

為什麼文胤崴喜歡的人和我完全不一樣？

「我喜歡她的率直不隱瞞。」

要是我把那些隱瞞的話說出口的話，你會喜歡我嗎？

我覺得自己幾近瘋狂，已經逼近崩潰的邊緣了。

我一邊解物理題，一邊用力地扯自己的頭髮試圖專心，然而腦袋裡浮現的還是當時文胤崴認真教我物理的模樣以及在那個夕陽餘暉下雀躍地對我分享物理的心得那如在分享自己的遙控車技巧的小孩的模樣。

突然，淚水就這麼滴下來，暈開了墨水，我趕緊胡亂抹去爭先恐後滴落的淚水。

文胤崴，你錯了，用原子筆解題還是有問題的，要是哭了的話墨水就會暈開。

轉頭看見林書榆奮筆疾書的模樣，我瞬間懂了當時她急著告白的感受，至少她現在了無遺憾。

我應該也要說出口才對，最起碼攔住他，最起碼讓他知道我不想當知己，何況，向來就是我知他而他不知我。

下定決心，我快速地在計算紙上寫下想對他說的話，在心底演練無數次，我的手指顫抖著，好像在簽訂什麼賣身契。

我摀著自己的心口，用氣音輕聲說：「加油，李如瀅。」

加油。

放學鐘聲一響，班上同學紛紛揹起書包，望著外頭大雨滂沱，抱怨走路回家很麻煩。

我看見文胤崴站在我們班門口，看見正拎著雨傘走出教室的許航青，叫住他，「麻煩幫我叫杜嫣然。」

許航青頷首，然後大喊：「杜嫣然！」

原本在收摺疊傘的杜嫣然抬頭，朝許航青喊：「什麼事？」

「文胤崴找妳。」

我的心一緊，眼看杜嫣然就準備要離開座位，立刻抬腳，走出教室，去找前門那個神色緊張的少年。

李如瀅，就是現在。

「李如瀅？妳是來幫我加油的嗎？」他看見我風風火火地走到他面前，對我笑說。

「文胤崴，我有話要說。」幾近提起了所有累積許久的勇氣，我的聲音有些抖，緊張卻又堅定地說。

「什麼事？」

「就是……」

我才剛開口，杜嫣然就揹著背包，走出教室，對我微笑致意，然後朝著文胤崴露出甜甜的笑容，聲音甜膩膩的，好像灌了好幾罐蜜糖，問：「你找我有什麼事嗎？」

「啊，我們可以去其他地方談嗎？這邊人來人往的不好說話。」文胤崴溫柔地說，這是我不曾見過的樣子，也許在那個雨夜，在他輕拍我的背時，臉上也是這副表情。

他轉過頭來對我說：「李如瀅，有什麼事改天再說好不好，我先走了。」

說完就領著杜嫣然轉身離去。

等一下！

我還有話要說！

我無聲的吶喊，原本準備了很多說詞，說林書榆的情書是我寫的；我會為了多看他幾眼而繞遠路上廁所；就算被他嘲笑，我還是很喜歡能在紅榜上看見我跟他的名字並列在一起；其實我一點也不想當你的知己；其實我從很久以前就喜歡你了……

他們離我越來越遠，我看著文胤崴的背影，淚水洶湧，模糊視線。

國三初見他時就覺得他的個子很高，如今過了兩年，個子又長了，自始至終我都在仰望著他，無論是因為身高問題，還是因為我那卑微的單戀。

我追了上去，希望能夠力挽狂瀾。

旁邊的人都用一種異樣的眼光看我，哪來的勇氣在溼答答的走廊上奔跑，不怕摔倒嗎？

「文胤崴！」我朝著他的背影大喊。

可是他並沒有聽見我的吶喊，和杜嫣然繼續走著，一高一矮的身影看得我眼睛發酸。

他們終是在八班旁邊的樓梯停了下來，而我也停下了腳步，不忍前進。

「其實啊……」文胤崴張口。

我屏住了呼吸。

拜託不要說……

「我喜歡妳，第一次看見妳的時候就喜歡上妳了。如果妳願意的話，能不能和我交往？」他誠懇地說，眼底是熠熠星光，字字卻刺向我的心，千瘡百孔。

我的雙眼蓄滿淚水，模模糊糊間看見杜嫣然輕輕點頭，臉頰緋紅。

「好，我願意。」

淚水總算潰堤，我立刻轉身離去，將文胤崴的歡呼聲拋諸身後，跌跌撞撞地走下樓，連雨傘也沒有撐，讓雨水浸濕自己，在雨中瑟瑟發抖著，摀著臉嚶嚶啜泣。

我想起了小時候去親戚家拜訪，那個親戚家很有錢，堂哥有很多很多的玩具，什麼遙控車還有當時廣告打很兇的造型黏土，每個都不是當時事業剛起步的爸爸媽媽能買給我的。

大人儘管在餐桌上聊屬於他們大人的話題，而我們這群小孩就在旁邊玩玩具，我還記得那時堂哥得意的嘴臉，如數家珍地告訴我們這個是在哪個國家買的，又是自己爸爸哪個同事送的。

我沒有認真去聽他在說什麼，自顧自搶過堂哥手上的遙控器，我沒有理會他的抗議，逕自按幾個按鈕，自以為是卡通裡的車手，欠缺訓練的我果然讓車子原地打轉，不一會兒就抓到竅門，讓車子能夠順利運行。

然而堂哥氣得大叫：「還我啦！」和我爭遙控器，兩個人就這樣隨便按按鈕，結果車子就這樣一個暴衝，衝下樓梯，直速下降，落地發出極大的聲響，惹得所有人都轉頭望向樓梯口。

我們趕緊衝下樓看車子的狀況，前面的塑料已經碎了，雖然還可以操弄，樣子也沒有當初那樣威風。

堂哥見狀急得嚎啕大哭，抓著我就罵：「都是妳啦！」

我回嘴：「你明明也有亂按！」

就在這時媽媽也跑下樓，我以為她會來替我說話，然而她只是當著所有親戚的面，用力打了我的手一下，我的手立刻就紅了起來，痛得我眼淚馬上就流出來了。

只見媽媽咬牙切齒，眼睛也是紅的，朝著我罵：「不是早跟妳說過了嗎？不是妳的就不要拿！」

不是妳的就不要奢求。

我就像當年那個因為家裡不夠有錢，玩了別人的玩具而委屈挨打的女孩，用力痛哭了起來。

此時此刻的心甚至比當時被狠打還要痛。

那麼小的時候就明白的道理，為何現在還是不懂呢？

我哭出聲來，不管身旁走過的路人的目光。

如果一切憂愁能像這場傾瀉而下的大雨轉瞬即逝，如果這場惡夢能隨著陣雨而遠去，如果滾落的淚珠能在傾瀉完後映出美麗彩虹……

第八章　今晚的月色真美

那天晚上我忘了自己是怎麼回到家的，只記得沿途我紅著眼眶，剛好搭上一班人少的公車，找了個角落坐下，盯著窗外景致痛哭，熟悉的景色也隨著淚水而染上一層氤氳，那些沒說出口的話翳入了陰鬱的天際。

隔天醒來後發現頭痛欲裂，鼻子也塞住了，一起床就覺得喉嚨乾澀，下樓喝點水才覺得沒有那麼痛，卻像開了關似地咳嗽咳個不停。

原來病由心生是真的。

爸爸顯然是被我的咳嗽聲給嚇到，趕緊進廚房看我，「妳還好嗎？」

我艱澀地開口，一開口發現嗓子啞了，像極了變聲期的男生，「大概是昨天淋雨感冒了。」

爸爸走上前摸了下我的額頭，一碰上就驚訝地喊：「怎麼這麼燙啊？妳今天還是別去上課吧！」

聞言，我有些猶豫，畢竟今天又有數學課又有物理課，可是忽然想起昨天的事，眼睛又有些酸了起來，只好低下頭，輕輕地點頭。

爸爸見我這個樣子，也沒有多說什麼，這個大男人向來不善表達愛，只是輕輕地摸我的頭，說：「那今天就在家休息吧！爸爸等一下給妳跟老師請假，再帶妳去看醫生。」

爸爸趕在上班前帶我去社區附近的診所看醫生，醫生看我燒得厲害就開了一個藥效比較強的藥給我，回到家爸爸交代我趕緊去吃藥就急匆匆地去上班了。

平常為了讀書我從來不敢吃嗜睡的藥，今天吃了倒好，我很快便昏昏沉沉地睡過去了，那些傷心事遂也暫且遺忘了。

隔天回到學校，文胤崴和杜嫣然交往的消息已經傳遍校園了。

這個消息震撼全校，常居年級前幾名的文胤崴居然會和成績後段的杜嫣然交往，這個組合讓大家回憶起《惡作劇之吻》風靡亞洲的時光——可惜的是，杜嫣然從來不是相原琴子那樣平凡的女生。

林書榆知道這個消息後先是有些震驚，沒想到文胤崴口中那個人居然是杜嫣然，然後格外感慨地說：「沒關係，幸好我已經被拒絕了，不然現在我可能會更難過。好在，我已經不喜歡他了。」

她的一字一句重擊我的心，好像一把刀刃，一次次捅過來。

張文茜眼神寬和，抱住林書榆，溫柔地說：「想通就好。」

那我呢？想通了沒？

看著他們，我久違地感到自己離他們很遙遠，很遙遠。

「嫣然、嫣然！妳跟文胤崴到底是怎麼在一起的啊？誰先告白的？」

女生們圍在杜嫣然的旁邊，爭先恐後地挖八卦，只見她臉頰浮起一片可疑的紅暈，惹得大家哇哇大叫，直說郎才女貌，多棒的組合啊！

是啊，多棒的組合。

我戴上耳機，拿出早上發的歷史考卷來寫，想藉此趕走這些聲音，無奈開得再大聲，那些令人作嘔的聲音仍在。

「啊！文胤崴來了！」突然有個人大喊，我身體一震，卻還是繼續做題。

「杜嫣然快點啦！妳男人來了！」

「通通給老娘閉嘴！」杜嫣然大叫。

班上同學嗷嗷直叫，聲音都蓋過耳機裡的聲音。

視線越來越模糊，連ABCD選項也看不清楚，腦中越來越亂，居然連最簡單的史前文明流變也無法思考。

眼看淚水就要奪眶而出了，我趕緊走出教室，任憑那些八卦在後頭喧鬧著，一出教室就看到文胤崴正溫柔地替杜嫣然梳理頭髮，眼底盡是柔情。

他沒有發現我正看著他，憤怒、悲傷、無奈、痛心……我也不曉得自己現在到底是什麼感受。

我趕緊掉頭逃走，落荒而逃，切切實實地。跑到對我而言翰青唯一的一塊樂土，唯一的秘密基地——科教大樓的廁所。

一照鏡子，看到自己的臉，只覺無比哀痛，杜嫣然的臉比我小上許多，也沒有我那麼多青春痘，皮膚白皙，眼神清亮，笑起來就像仙女一樣。

而我一頭清湯掛麵，身材微胖，臉上脂粉未施，要是平常還有點自信的光芒，可現在眼色黯淡，因為感冒而皮膚顯得更加蠟黃，像極了生活了無希望的難民。

我在課業上的表現發光發熱，卻永遠不及成績不好的杜嫣然，她歌唱得極好，舞也跳得好，人緣也好，家境也好；而我，手眼不協調，父母離異，就連勉強稱得上朋友的張文茜和林書榆也無法與我談心，只有成績能夠贏過她，可是，文胤崴從沒有因為我的成績好而傾心。

我曾經以為，只要努力，上帝就會受到感動而施予你想要的東西，然而這世上不能靠努力獲得的，便是感情。

我突然想起去年年底和文胤崴聊末日預言。

他挑起一邊眉，好笑地說：「無稽之談，妳害怕啊？」

我搖頭，然後說：「要是大家都該面對這個，就沒有什麼好怕的了。人與人之間的情感並不能戰勝災難，但是要是能與愛人、親人、友人一同面對，不離不棄，那有什麼好怕的？至少我曾存在過。」

他笑了，「我一直都在啊。」

我別過臉去，他不知道，此時此刻的我眼底已蓄滿淚水。

其實二〇一二的末日預言從來不恐怖，真正恐怖的是他離去了，把我的世界的燈火通通熄滅。

我蹲在洗手臺旁邊，低聲啜泣了起來，病痛像是要提醒我苦痛般，不斷引起咳嗽，又逼出了多幾滴淚水。

直到上課鐘聲響起，才重新打理儀容，匆匆回到那個如夢魘的現實。

大概上課過了五分鐘後我才回到教室，物理老師已在教室裡，站在講臺上和物理小老師杜嫣然說話，看見我的姍姍來遲也只是瞥我一眼，沒有多說什麼。

我回到位置上，拿出物理講義，開始預習等等上課內容。

正當我看完第二小節時，物理老師突然打開麥克風，說：「我們之前不是說大家段考成績太差了，要收物理筆記來加分嗎？現在由後往前收，交給杜嫣然。」

我沒有多想什麼便從書包中拿出物理筆記，把它遞給最後的同學，就這麼看著它傳到杜嫣然手上。

等等！

我忽然想起某次放學文胤崴給我的那張紙條，那個告訴我，我是他的知己的畫面，當時我如獲至寶把紙條夾進物理筆記裡……

我趕緊離開座位走上前，到正在把筆記翻開夾到另一本裡面的杜嫣然旁邊，她見到我便隨口打招呼。

當我準備開口要要回筆記時，她剛好拿起了我的筆記本，翻開來，而貼著紙條的那頁呼之欲出……

我急得伸手搶走筆記本，順手把紙條給扯下來，嚇得杜嫣然皺眉，錯愕地看著我。

「讓我看一下有沒有漏抄什麼吧！」我假惺惺地笑，戴著口罩，也看不出笑容真偽。

杜嫣然不疑有他，擺擺手便讓我把筆記拿走。

我回到座位上，假裝在翻看筆記內容，樣態可笑的不得了，然後疑神疑鬼地把掌中的便條紙攤開，已經皺得無法攤平了。

而我的思緒也跟這張紙條一樣。

我用力地將它撫平，一次又一次地說，對不起，對不起，對不起。

然而怎麼使勁也無法回復原狀，我望著紙張上的文胤崴三字，淚水在眼眶打轉，逐漸模糊了視線。

我們的關係是否就跟這張紙一樣，怎麼努力都無法恢復了？

幸好沒有人發現我的異狀，一整天下來我一如既往地認真做筆記，和平常那個學霸李如瀅沒有一絲一毫的差異。

放學鐘聲響起，我背上書包趕去校門搭車，因為不想遇見文胤崴，不想裝作若無其事的跟他打哈哈，從今往後我要自己搭公車上下學了。

縱使現在還不習慣，總有一天會習慣的。

我拿出單字本，準備上車背單字，當我好不容易擠上滿滿都是學生的公車時，看到一張熟面孔，她見到我時忍不住大叫：「如瀅！妳怎麼自己搭車？文胤崴呢？」

是徐以恩。

我勉強地笑笑，「我們倆什麼關係啊？怎麼可能整天膩在一起。」

笑著笑著，臉色又垮下來了。

「妳還好嗎？」以恩擔心地問：「我請人讓位給妳休息一下吧！」

我搖頭，一搖頭眼淚就快掉下來了。

「那好吧。」她見我不想回答，便馬上轉個話題：「對了！國中附近的冰店最近在打折耶！等一下去吃吧！」

我就喜歡以恩這樣，從來不勉強我做什麼。

我點頭，「嗯。」

一路上我們保持沉默，因為以恩明白，如果我想說的話自然就會說了。

一晃眼便回到了國中校門口，赭紅色的大門已經有些褪色，而當時國三還躊躇不前的我們，似乎煩惱又變得更多了。

國中時總想著，高中鐵定會更美好，其實不然，考試佔據了我們的生活，每天都像活在愁雲慘霧一般，而最慘的是，那個給日子帶來陽光的少年已經交了女朋友。

「好久沒回來國中了，好懷念哦！」以恩感慨地說，突然瞅見了什麼，忍不住大叫：「如瀅！妳看那個！還記得我們之前在那裡罰站嗎？」

我順著以恩指的方向一看，是我們國二時修築好的廣場。

國中時學校有條很詭異的規定，午餐時間不得離開教室。

我們國二某次段考午餐時間時，班上鬧騰得不得了，幾個男生把午餐附的水果拿來當成球來玩，一不小心就扔到門外，那時他們不知道是腦袋被驢踢了還是怎樣，一群人一邊大吼大叫一邊跑到外面把「水果球」撿回來。

接著我們班便被學務處廣播，全班不得午休，要在新蓋好的廣場上罰站。

第一個在新蓋好的廣場罰站的班級，我們也算是寫歷史了。

「我們班那時根本是白癡吧！回來班導差點宰了我們！」我哈哈大笑了起來，當時多麼忿忿不平，現在回憶起來只有歡笑。

「不過妳那次也滿厲害的，依舊考了全校第一，那時文胤崴還沒有出現，沒有文胤崴的李如瀅真的天下無敵啊！」她笑。

我卻沒有回答，她眼見不對而斂起了笑容。

正當她打算開口時，我學起之前林書榆，認認真真地說：

「以恩，我喜歡文胤崴。」

原來這句話沒有那麼難開口啊。

以恩目瞪口呆地看著我，不等她開口問話，我張口繼續說：

「其實我國中時就喜歡他了，我也忘記是何時，當我發現時已經再也無法不去想他，我喜歡他對我好，我喜歡他的笑容，我喜歡他的一切。

「可是，他是那麼的好，就像張愛玲眼中的胡蘭成，站在他的面前我總覺得自己很低，低到塵埃裡去了。單戀真的好卑微，好卑微。每次我想放棄時，只要看見他的一個笑容，只要聽見他叫喚我的聲音，我就再度燃起喜歡他的意念。

「他交女朋友了，是個漂亮的女生，叫做『嫣然』，多麼美的名字啊！就像瓊瑤小說裡的女主角。她是熱音社的，成績沒有特別優秀，還有點貪玩，總之她是個跟我完全不一樣的女孩。我從來沒想過，原來文胤崴喜歡的居然是個跟我完全不一樣的女生。」

淚水總算潰堤了，我蹲下來，把臉埋在膝蓋上，嚶嚶啜泣。嚇得以恩趕緊翻找書包想要拿衛生紙給我。

我不甘心，憑什麼自己喜歡那麼久的人一下子就被一個認識時日還不到我的零頭的女生給搶走了？

過去的溫柔種種，歡笑種種好像一場終究會醒來的美夢，現在夢醒了，他離開了。

總算找到了袖珍包，以恩遞給我後只是蹲下來摟住我，任憑我哭得像個傻瓜。

「如瀅一直很好，那個混蛋一定會後悔的！翰青年級第二了不起啊？北京人了不起嗎？長得高、長得帥很厲害嗎？但是他眼睛有問題啦！我詛咒他考試不會的全部猜錯，考試原子筆全部摔斷水，橡皮擦掉地上找不回來！」以恩憤憤地咒罵詛咒一個比一個還要恐怖，惹得在她懷裡的我又哭又笑得像個白癡。

後來我們一起去國中各個角落探尋回憶——大部分都是國三以前的回憶，又到了附近的餐廳吃了晚餐，結束時已經將近九點。

伴隨著夜風吹拂，我們站在十字路口旁互相告別。

臨走前，以恩說：「以後妳跟我一起坐公車通勤吧！如果文胤崴問起的話就說我想妳了，而且我們需要girls' talk，謝絕男士。」

我咯咯笑了起來，然後誠懇地說：「以恩，謝謝妳。」

聞言，她一愣，然後擁我入懷，亂揉我的頭髮，「三八啊！我們是朋友呀！難過時有我在！」

在那個春雨朦朧的夜晚，拍拍我的背，安慰父母離婚的我的少年也曾說過：「我會陪妳度過的。」

這樣的話真的很煽情，可故事的最終，他還是無法陪我度過一切難關。

要是沒能兌現，當初就別簽下支票。

我和以恩告別，轉身，緩緩踏上歸途。

回到家時已是九點半，聽到是和以恩出去，爸爸就沒再多說什麼，只是說：「妳餓嗎？去熱廚房裡的湯吧。」

我搖頭，「剛才跟以恩吃很飽了。」

「那趕快洗洗睡吧！」他說。

突然瞅見牆壁上特別白的一塊，那裡曾放著我們全家福，但是隨著爸媽離婚，那張照片也被收起來了，爸媽是否知道，那張照片被我藏在房間裡，因為我捨不得家庭分崩離析。

霎時間，我想問爸爸，你還愛媽嗎？就像是我想問自己，還愛著文胤崴嗎？

可我知道，他不會回答的，就像是我無法回答自己，還會繼續單戀下去嗎？

於是我收起這份衝動，回到自己房間，一走進房內就能看到鄰居燈火通明，而那個少年正在奮筆疾書，又要跟蘇墨雨拚個你死我活。

我打開燈，把東西收好，正當我準備離開房間去洗澡時，他打開了窗戶，笑臉盈盈地朝我問：「夜不歸宿，李如瀅叛逆期來了啊？今天還不一起回家！」

不知怎麼的，我的火氣也上來了，眼底蓄滿了怒氣，忍不住說：「你去陪嫣然啊！都交女朋友了怎麼可以整天黏著別的女生？以恩她最近心情不好，所以找我一起通勤，以後我就跟她一起搭公車，你多陪女朋友吧！」

聞言，他只是頷首，誠懇地說：「謝謝妳，李如瀅，妳總是那麼好，總是替我著想。」

我快哭了。

我的確很好，但沒有好到讓你喜歡我。

抬眼望見一輪明月，想起夏目漱石曾經說過的含蓄的告白，我張口說：

「文胤崴，今晚的月色真美。」

因為和良人共賞，所以格外美麗。

他也抬頭望向夜空，不明所以地回答：「是挺美的，怎麼了嗎？」

你果然不懂。

我馬上轉身，流著淚，試圖讓聲音顯得平靜，「我要去洗澡了，你好好讀書吧。」

不等他回答，我跑出房門，奔進浴室，倒在牆邊，嚎啕大哭了起來。

那天晚上，我夢見了自己在上體育課，汗涔涔的我拭去頰邊汗水，不用照鏡子就知道現在自己如此狼狽不堪。

轉頭看見文胤崴背著陽光，額上有些汗珠，氣質卻仍是陽光燦爛，好像鎂光燈下的焦點。

他向我點頭致意，露出微笑，然後奔馳了起來。

我在後頭追著他，任憑我怎麼使勁也追不上他，只能看著他的背影漸行漸遠，漸行漸遠。

單戀就像實力懸殊的馬拉松賽，任憑你在後面怎麼追，怎麼使勁，怎麼狂吼要他等等你，別傻了，他不會回頭的。

第九章　別人的故事

後來，我真的不再和文胤崴一起通勤，為了和他的上學時間錯開，我開始習慣早起，和徐以恩一起搭公車，有時天還沒亮就起床梳洗，只為避開對面那扇窗傳了：「李如瀅，該去上學了。」

那種鴕鳥般的自欺欺人的行為確實為我帶來了些困擾，比如睡眠不足導致上課精神不濟，但我依舊堅持以此武裝自己那顆脆弱而敏感的心。

不知多少次，徐以恩對我投以憐憫的眼神，而我仍舊笑著和她談學校的趣事，就和過往一樣，只是話題中不再有文胤崴。

文胤崴的日子似乎比過往精采了許多，他和杜嫣然的戀情並不張揚，不像那些一見面就摟摟抱抱的白痴情侶，而是一到午餐時間，杜嫣然就像那些電影中常出現的一到整點就會出來報時的小鳥一樣起身對老師擠眉弄眼，深怕耽誤了她和文胤崴的約會。

我再也不會在午餐時間離開教室，即使尿急也會忍著到杜嫣然回來教室才急匆匆地跑廁所，比國中時還守規矩。

大部分時間，只要撞見他倆肩並肩穿越校園，我就會急忙轉身離去，唯有促不及防四目相接時，我才會笑臉盈盈地向他們打招呼，然後抬頭挺胸、目不斜視地向前邁進。

縱使敗北，我的一骨傲氣不允許自己在他們面前有一絲一毫的動搖。

自從那次和他「告白」後，我就再也沒有哭泣，我告訴自己，哭了就是輸了。我也不再提起筆寫日記，那本泛黃的筆記本就這麼被擱在書櫃上，乏人問津。

第二次段考就這麼過去了，每對一科答案看到最後得分就是一陣怵目驚心，平時總能九十幾分的文科沒有一科突破九十分，而理科更是皆落在六十幾分，平均分數比上次段考少了足足五分，我的校排名就這樣下滑到第十八名。

班導看到我的分數後，立刻叫我去辦公室約談。

班導一見我進辦公室，搬了張椅子給我坐，當我坐下時，她劈頭就問：「如瀅，妳還好嗎？」

我本想笑著說沒事，但一想到從沒掉出年級第三的我這次居然退步了這麼多，只好答：「我前陣子太常分心了。」

我說的確實沒錯，前陣子我總無法專心，一來事情多，二來心情低落。

聞言，班導拍拍我的肩膀，「我今天會找妳來就是怕妳難過，妳真的還好嗎？」

我真的還好嗎？

我實在無法回答這個問題，不知從何時開始，心口這兒就像堵塞了一樣，堵得發慌。

我仍舊微笑，「老師，我真的沒事。」

「真的嗎？沒事就好，成績本來就是有起有落的，翰青的競爭力太強了，這次段考我聽老師們說好像普遍偏難，其實這次妳沒有比之前差多少，下次努力就好。」

我朝班導笑笑，「謝謝老師這麼關心我。」

「這是我該做的，回去上課吧！」班導摸摸我的頭，笑說。

和班導聊完要回教室時，經過紅榜，正好遇到教務處正在更換這次的榜單，我本想目不斜視地離開，結果聽到教務處的志工在說：「這次排名也太出乎意料了吧！前三名之前不是都同一群人嗎？文胤崴居然掉到第三名，李如瀅居然第十八名。」

「對啊！原來早戀真的會影響學習。」

「那李如瀅是怎樣？她不是社會組最厲害的人嗎？怎麼反而給何謙拿了年級第二。」

「誰知道，也許她最近狀況不好吧。」

他們本想說下去，忽然回頭發現我正站在他們後面看榜單，就像兩尊石像，僵硬地轉頭回去繼續做自己的工作。

我看著榜單，看得眼睛都發酸了，心情複雜。

我嘲笑著文胤崴的退步，看吧！早戀有什麼好的？

同時也難過著。

每逢段考放榜，文胤崴就會拉著我來看紅榜，一邊跟我抱怨不管怎麼努力都是這個結果，一邊笑我尚須努力，而我就會捶他一下，跟他說，下次段考就是我第一，蘇墨雨第二，他第三。

他從來不知道，其實我很喜歡看榜單上他和我的名字並排在一起，我們從來沒有在一起，只能在榜單上，緊緊挨在一起。

可是這回他不僅交了女朋友，連紅榜上，名字也隔了好幾個人。

連這點距離也被拉遠了。

當我回到教室時，正好聽到杜嫣然朝人喊：「數學不會來問我啊！我男人都說我的數學很好。」

我男人。

只見平常忙於班聯會的陳芷珺笑說：「妳的數學也才五十分，你家文胤崴是瘋了嗎？」

「唉，這妳就不知道了。胤崴問我什麼我都點頭，就連看到什麼奇怪的符號我也用力點頭喊懂，他就驚喜地喊：『這妳也懂？妳是天才吧！』」杜嫣然說得十分生動，連文胤崴震驚的表情也模仿得活靈活現。

她的話惹得大家哈哈大笑，連林書榆也放寬心笑了起來。

「那他知道妳這次數學考這麼爛嗎？」

「我還沒告訴他，怎麼辦，我好怕他覺得我是笨蛋。」

「不是他覺得，全世界都知道你是笨蛋。」

我回到座位上坐好，忍不住冷笑，都說愛情使人盲目，連那個傢伙也盲目了。

杜嫣然用力翻了個白眼，然後逕自說：「好啦！你們誰來幫我想想文胤崴生日要送什麼，他下禮拜就生日了。」

「我怎麼知道，他又不是我男朋友。」陳語心丟下這句話，繼續滑手機。

杜嫣然只好去尋求其他人協助，我戴上耳機拿出單字本背下午要考的英文單字，遂也不知道杜嫣然要如何解決禮物的問題了。

放學後，我快步離開學校，跑到最近的站牌，到達時公車正好到了，整臺車像顆豐碩的石榴，塞滿了翰青還有泰源的學生。

好不容易擠上車，看見躲在最後面的徐以恩，我趕緊擠進公車最後去找她。

「你們學校是沒有校車嗎？怎麼老是一堆人搭公車。」我實在擠得受不了，忍不住問徐以恩。

「有啊！校車貴得要死，還不如搭公車呢！」她忿忿地說：「拜託你們翰青的還能搭上車已經很好了，你都不知道每次第一班車都擠得要命，能搭上車的人都是經過一番搏鬥的，好在到翰青的路上有好幾個社區，半車子的人都下車了，不然你們翰青的人要怎麼上車啊？」

「好啦。知道妳辛苦了。」我笑說。

「我還好，早就習慣了。倒是妳，現在整天早起都沒什麼精神。」她遲疑了一下，然後才柔聲說：「其實我就是想，妳如果太辛苦的話，要不要晚點起床坐校車？」

我蹙眉，悶不作聲。

她見我沒什麼反應，立刻擺手說：「算了，當我沒說吧。」

我頷首，開了其他話題圓場。

我知道徐以恩是關心我，只是我暫時還是不想面對文胤崴，最起碼要等到從「我喜歡他」變成「我曾經喜歡他」。

雖然我不知道那天是什麼時候。

文胤崴似乎對成績下滑沒有什麼想法，依然故我地每天打球，每天和杜嫣然約會，每天晚上挑燈夜讀。

我告訴自己，我應該也要像他一樣大器，然而，在面對課本時腦袋總是一片空白。

我到底在幹嘛？

「李如瀅快起床！公車要來了！」

吵鬧的鬧鐘「鈴聲」響起，這是徐以恩在我某次差點錯過公車時風風火火地錄下的，從此，我每天都要從早被她疲勞轟炸一番。

我心不甘情不願地在床上滾來滾去，等鬧鐘響了三次才伸手去關。

我揉揉惺忪睡眼，打開手機看現在幾點，忽然望見今天日期，十二月十二日，文胤崴的生日，我甩頭不去多想，趕緊去梳洗，以免等一下還要追公車。

一到學校就看見平常都很晚才來學校的杜嫣然桌上已經堆滿一堆文具，她手拿剪刀和膠水，顯然是在準備文胤崴的生日卡片。

我坐下就開始背國文注釋，突然就聽到有人跑去問杜嫣然：「所以妳送了什麼給文胤崴？」

「運動毛巾和護腕，他平常不是喜歡打球嗎？送這個剛好。」杜嫣然得意地回答。

我心一緊，立馬闔上國文課本，趴下睡覺，試圖平靜下來。

去年文胤崴生日時，他的腳剛好扭傷了，成天跟我叨唸打球容易受傷，於是我就跑到NIKE的專賣店問店員哪款護具好，等到他生日時送他護具還有毛巾，幾乎要把我的零用錢花完了。

為什麼什麼不送，偏偏跟我去年送的東西一模一樣？難道妳沒看見文胤崴不缺毛巾跟護具嗎？

我悲憤地想像起文胤崴收到杜嫣然的禮物那副開心的樣子，然後他就會把我之前送的東西丟掉。

就像拋棄我一樣。

一整天下來我的心情不是很好，狀況甚至比平常還糟，導致徐以恩一看到我就不敢說話。

她沒有問我為什麼看起來那麼狼狽，只是自己做自己的事，因為她知道，此時對我說什麼都於事無補。

我就這樣戴著耳機，望著窗外發呆。

也許他現在正跟著杜嫣然準備去外面慶祝，可是那些都不關我的事，那是他們的故事，在他們的故事裡，我不過是一個毫無殺傷力的跑龍套的角色，連第二女主角也稱不上。

回到家後我突然特別想看小說，於是就在書櫃翻找哪本值得再看一次。

翻來找去，一不小心就把書架上的相框、喇叭等雜物給弄翻了，我忙蹲下來把他們撿起來，卻在拾撿時看見當初文胤崴送的棒棒糖也在地上，我把它撿起來，發現已經碎了。

頓時百感交集，我心一橫，把它扔進垃圾桶裡。

忽然望見書櫃最旁邊那本日記，我著了魔似地伸手把它拿下來，封面龍飛鳳舞的「李如瀅」三字依舊清晰如昨天才寫。

我輕輕地觸碰這三個字，驀然想起當時他笑嘻嘻地說自己書法寫得特別好，要幫我寫名字。宛若昨日又宛若隔世。

我把日記攤在桌上，從第一篇開始仔細端詳。

我不喜歡把日記寫得像流水帳一樣，日子已經夠無聊了，我不希望未來回憶起來都是「今天天氣很好」之類無聊的文字。

我總是用「他」來稱呼文胤崴，好像這樣寫就能為我的單戀增添分神聖感。

2012年11月30日

今天去裝水時，我不斷地思考溫水加多少，熱水加多少，一個無聊的問題就能讓我思考這麼久，好像在瑣碎的東西上多思考了幾分，日子看起來就比較有趣一點。

突然有個傢伙拍我的背，嚇得我差點把水打翻，回頭一看居然是他。他問我要不要一起下去打球，然後又說不是他提議的，他知道我球打得很爛，是蕭宇堯非要把認識的人都叫下去打球。

我當然回答不要，於是他也沒有挽留，放心地跟夥伴們跑下樓去，我望著他的背影，那幾根調皮的髮絲矗立在後腦勺上，有點想笑又無奈，這傢伙應該不知道我老是偷偷下去看他們吧？突然想嘲笑自己的愚鈍，要是剛才回答「好」不就可以光明正大地下去了？

2012年12月12日

今天是他的生日，我本來還很苦惱要送他什麼的，甚至想要去看有沒有什麼烤鴨口味的香水，好在他整天嘮叨護具很重要，才想到能送他什麼。

我成日觀察他對品牌的喜好，發現他根本沒在挑，想穿什麼就穿什麼，只好跑遍各品牌的專賣店，上網爬文看哪家好，哪家便宜，最後才買下手，差點就把存下來的零用錢都花光了。要是我爸知道自己辛苦掙來的錢被女兒拿來買給一個相處時日還不到他的十六分之一的男生，他鐵定會掬一把淚，算了，這樣說來我已經在不孝女這個角色上發揮得堪稱爐火純青了。

當我看見他拆禮物的表情，由好奇轉欣喜再變成欣喜若狂，我的心情也像小時候得到一包五顏六色的巧克力豆，入口發現比想像中更好吃一樣。

他特別興奮地說：「妳怎麼知道我想要這個？太厲害了！」

我笑答：「你整天都在唸，我還能不給你嗎？」

我沒有告訴他，一年後，兩年後，很多很多年後……無論過了多久我都想替他慶祝，我都想看見他這樣雀躍的模樣。

2013年3月4日

我一直覺得，什麼生日、年紀，不過是一串數字，若沒有人記起，那根本毫無意義可言，日子是需要人賦予它意義的，就像今天。

3月4日，對多數人而言是個尋常的日子，可對我而言不是，今天是我的生日，是爸媽離婚後的第一個生日，媽媽昨天就告訴我周末去臺北慶生，爸爸晚上給我一個一直很想要的耳機，他們總用自己的行為告訴我，離婚了並不代表他們對我的愛就少了，身為一個單親家庭的小孩我不用感到自卑抑或如何。

在學校，好多同學都給我祝福，也收到了許多禮物，說來過分，可是這當中我最喜歡的居然是他送的──一盒桂圓蛋糕。我的確喜歡吃桂圓蛋糕，會喜歡這份禮物還是因為是他給的，即使他的理由是「桂圓蛋糕很好吃」，我還是自作多情地想也許他就是知道我喜歡桂圓蛋糕。

生日快樂，李如瀅。

十六歲要開心。

我把每一篇日記都認認真真地看完，比讀課文還要認真，眼角逐漸濕潤，忍不住忘情地哭了起來。

對不起，妳那麼熱切努力地在自己的故事中做一個稱職的女主角，我卻這樣頹廢，成績掉下來了，甚至連面對他都有問題。

文胤崴和杜嫣然的故事固然是他們的故事，都是別人的故事。然而在我的故事中，我就是主人公。

李如瀅，妳不該再這樣了。

縱使繼續單戀妳也該好好面對，好好維持原本的生活。

我想通了，也不嫌髒，立刻從垃圾桶裡拿起剛才扔進去的棒棒糖，拿去浴室裡洗，想也沒想就拆開包裝來吃，檸檬酸酸甜甜的味道在舌尖迸發，好似引著我回到墜入愛河的瞬間，那樣甜蜜而酸澀的感受。

我打開手機，飛快地傳了段文字給徐以恩：

「以恩，謝謝妳這段時間的陪伴，我想以後早上我還是搭校車好了，再艱難我也不該逃避。以後放學見！」

徐以恩很快就已讀了，不出半晌便傳來：

「妳確定要這樣嗎？」

「以恩妳知道嗎？」我想了想，露出不置可否的笑容，「單戀這回事就像給一個死人寫信，你明知道不會有回覆，卻還是不斷地拋出了真心。這是咎由自取的，所以等到某天我不再喜歡他了，這一切就結束了。不用擔心我，真的不用。」

過了好陣子，她才回覆：「好，不要受傷就好，我隨時都在。」

我被這句話給惹得鼻子酸，扯開一個難看的笑容，輕輕摁下一個貼圖傳送，關上手機，我下定決心，告訴自己，這個決定是對的，然後下樓跟爸爸一起準備晚餐。

我三兩口就扒完飯，然後告訴爸爸自己想要去外面散散步。

「散步？都那麼晚了。」爸爸狐疑地看著我。

「我整天坐在位子上讀書，都快胖死了，還不運動嗎？」我說，還很誇張地拍拍自己微凸的小腹，無辜地說：「爸，我都犧牲色相了，就讓我出門吧！」

他見我這麼誇張的反應，只好擺手答應：「好啦！外面很暗，記得帶手電筒跟棍子，我怕有野狗。」

我無奈地笑笑，你當我們家在荒郊野外啊？

最後還是乖乖地帶上手電筒，至於棍子，我怕等會會被當成搶劫犯還是別帶為妙。

我到國中附近的商業區尋找各家店有什麼東西可以當成禮物，這裡終究不像翰青那邊那麼繁華，連運動用品都有，在我幾乎要放棄時，突然想起文胤崴在我生日時給我桂圓蛋糕時的笑容。

我不能讓未來的自己後悔，我不能虧欠那個熱切地追著他的我。

我打起精神，走向巷子裡的麵包店。

叮鈴——

我推開麵包店的門，掛在門上的風鈴立時發出悅耳的鈴聲，麵包香味撲鼻而來，已逾結束營業時間，架上的麵包所剩無幾，我帶著碰運氣的心情走向櫃檯問店員：「不好意思，請問還有桂圓蛋糕嗎？」

只見店員面露難色，「我們的桂圓蛋糕已經沒了哦！」

我向他道謝，然後喪氣地垂頭要轉身離去，沒想到連送文胤崴禮物這點機會也沒有。

「等等！」

正當我要推開門離開時，店員突然叫住我，我轉頭一看，看見他手上拿著一個盤子，上頭有幾個桂圓蛋糕。

「我們平常是賣盒裝的，所以每天會剩下一點瑕疵品，如果妳不介意的話我們店長說可以算妳半價。」

我看著他手上的那盤桂圓蛋糕，竟感到有些鼻酸，只好哽咽地說：「謝謝你們。」最後居然忘情地大哭了起來。

店長趕緊跑出來安慰我，店長是個漂亮的女生，她溫柔地拍拍我的頭，「別哭了，以後妳來我們就算妳半價吧。」

「不用，不用。」我擺手謝絕，然後說：「對不起，失態了。」

他們對我露出寬和的笑容，然後按我要求的包裝得精美。

我拿著這盒桂圓蛋糕，朝他們笑別，堅定信念，腳步輕快地離開溫暖的麵包店。

回家的路上我想了很多說詞，要怎麼跟他說生日快樂，突然又有些猶豫，負面地想著他都有女朋友了，我送他這個做什麼？

突然，路燈「啪」地一聲熄滅了，我摸黑從口袋中摸出手電筒，爸爸不會是預料到這種狀況才叫我帶手電筒吧？

只有手電筒微弱的燈光為我照明，這樣的情境令人更加容易陷入負面情緒，我緊攥著桂圓蛋糕的提袋，要給還是不給？

走著走著，就回到了家門口，我呆站在家門前的空地，看著眼前那棟乳白色建築物二樓窗口微弱燈光，少年一如往常，奮筆疾書，在黑夜中，格外耀眼。

他像一道光，無論何時都綻放著光芒，總是那麼耀眼，好像一直視，眼睛就要灼傷了一樣，可我還是不願轉移目光。

你現在會發現我在看你嗎？

我伸出手，像是在遮陽一樣遮住那道光芒。

人果然不能期望一手遮天。

就在我準備張口叫他時，他突然探出頭來，叫喚我：「李如瀅。」

我看不清楚他此時此刻的表情，卻還是鼻子發澀，朝他喊：「下來一下好不好？」

他的身影迅速消失在燈光中，不出多久就出現在我的面前，就像那個春雨的夜晚，一接到我的電話就撐傘出現在我面前一樣。

「怎麼了？我上次排名掉下來，正被班上同學嘲笑，只好加倍努力讀書了。」他說，好像突然想到我的排名比他下滑得還要嚴重，立馬擺手說：「成績本來就起伏不定，不要太介懷。」

我見他這番侷促的樣子，忍不住笑。

我將手中那袋桂圓蛋糕遞給他，露出最近以來最燦爛的笑容，「生日快樂。」

他接過袋子，像個孩子一樣欣喜地拆開包裝，然後「噗哧」一聲笑了出來，指著禮物問：「怎麼又是桂圓蛋糕啊？」

「桂圓蛋糕不好嗎？不要就還我。」我說，然後伸手要去搶。

他立馬舉高袋子，睥睨著我，嘴角噙著笑，又是那副得逞的壞孩子樣，「既然妳都買了，我就勉為其難收下吧！謝啦！明天早餐有著落了。」

我笑，無比真誠地笑著。

文胤崴不會知道我為了這份禮物多麼努力地突破心魔，跑遍了每條大街小巷。

不知道也好。

回到房間後，映入眼簾的是凌亂的書桌，以及還沒收拾的日記本。

我好整以暇，就像往常一樣，拿起原子筆，認認真真地寫下：

2013年12月12日

這世上愛有很多種，迷戀、眷戀、苦戀、暗戀……不勝枚舉，有些人的愛是不求回報的，而有些人卻是不斷苛責對方也要付出同等的真心，遂陷入情關的深淵。

而我不一樣，我那鮮為人知的感情，叫做「單戀」，在這場戀愛中我是高傲的，隨時想要撤手都可以，既不會傷害到對方，自己也能輕易全身而退。因為這不過是我的獨角戲，他的一個眼神、一個動作、一顰、一笑都只是這部大戲的背景，只要我這個主人公想，劇情就能變得跌宕起伏。

可我現在想選擇，繼續這場戲。

我知道這樣很傻，也許會被未來的自己嘲笑，也許會自顧自地傷心難過起來，可是我的心底無法放下這顆石頭，心口自始至終都是堵著的，無論我怎麼不去想都是如此。

那就這樣繼續執著下去吧。

請妳，加油。

第十章　雪紗裙與高跟鞋

我的生活漸漸回歸原本的樣子，早上和文胤崴搭校車去上學，在車上背單字跟注釋，上課認真聽講，偶而偷看小說，下課依舊去科教大樓上廁所，放學和徐以恩搭公車回家，晚上做習題然後再寫日記。

成績也慢慢恢復到原本的水平，甚至更好，期末考大概會回到前三名。

不一樣的是，我總是在文胤崴和杜嫣然並肩經過窗前時低下頭來，然後低喃：「不要去想，不要去看。」

魯迅曾說的中國人的弊病——精神勝利法，成了我現在的生存之道。

偶而，我會在上下樓梯時撞見他們比肩而行，便會垂頭，任由陽光灑在我的身後，他們幸福的笑顏上。

這樣的生活，的確很像一部文藝電影，只是從頭到尾都是我自導自演，而觀眾也就只有我一人，還有那本滿載秘密的日記。

「婚姻也是家政的一環，同學們可以想想看，怎樣的人適合與你共組家庭，怎樣的人不適合，然後填寫在學習單上。」

家政老師在臺上說得口沫橫飛，班上同學卻興趣缺缺，唯有在烹飪課的時候才會認真聽講。

我邊聽邊寫早上發的國文考卷，忽然就聽見隔壁的吳睿鈞正在跟身邊的男生們竊竊私語，音量不大，卻是被我聽得一清二楚。

「我以前一直以為『學霸沒美女』這句話是真的，所以滿懷絕望地來到了翰青，沒想到學校美女還滿多的，比如二班的張家蓉。」

「我覺得十四班的彭巧倩也滿漂亮的。」

「十八班的吳芯菱比較正好不好……」

一群無聊的男生，居然在網羅各班美女名單。

我不理會他們，繼續跟多選題奮鬥。

正當我寫到賦的國學常識時，旁邊突然騷動起來，一群男的不知道在喊什麼，他們那張寫滿了美女名冊的紙就這麼落到我的腳邊，我忍不住皺眉，把它撿起來端詳，惹得男生們哇哇大叫：「不要看啦！」

我斜睨他們一眼，繼續看紙上名字，我們班只有一個人上榜，就是杜嫣然。

「寫再多也沒用，不如直接去跟他們搭話。」我淡淡地說，然後把紙放回吳睿鈞的桌上。

「唉，像妳這種學霸怎麼會懂我們這些普通人的想法？」吳睿鈞唉聲嘆氣。

我輕啐一聲「膚淺」，回頭思考賦的流變。

也許，對這個年紀的男生而言，他們看重的就是外貌，所以不會有人去注意我這樣平庸的人，他們甚至還會說：「果然，學霸無美女。」

這樣平庸的我果然比不上杜嫣然。

我輕輕地在家政學習單上寫下：「能發現我的好的人。」

時間飛逝，又一次段考過去，我回到了全校第三名，依舊是蘇墨雨第一，文胤崴第二。

寒假就這麼到來了，寒假頭幾天的新聞版面被學測給占滿了，某某名師預測這次頂標幾分，數學難易適中之類的。

就要換我們學測了。

「唉！真的好不想學測！」

寒假開始沒幾天後，徐以恩就約我一起去市區買下學期的參考書，我們就這樣捧著一大摞書在寒風中穿越大街小巷，好不容易找到一間餐廳落腳，徐以恩看見餐廳電視再次播放學測的新聞，忍不住抱頭大叫。

「又不是特殊選才，不考學測妳要怎麼上大學？」我露出慧黠的笑容，「難道妳已經決定把學測當成指考模擬考了嗎？」

聞言，她朝我用力翻了個白眼，「妳才去指考！妳全家都指考！」

「好啦！有些玩笑可以開，但是關於考試的玩笑我開不起呀！」我忍不住哇哇大叫，要知道，對學測考生而言最恐怖的兩個字就是「指考」。

「唉，可是聽說我們社會組去指考的表現會比較好。」徐以恩惆悵地說。

「是啊，說實話，真的不要排斥指考。」我答。

就在我們一來一往間，服務生將我們剛才點的餐送上來，徐以恩點了最普通的豚骨拉麵，而我則是地獄拉麵，上頭浮著一層鮮紅的辣油，看得人舌尖發麻，口水直流。

徐以恩看見我那灑滿辛香料的拉麵，忍不住問：「李如瀅妳是壓力太大嗎？到底為什麼要點那麼辣來自虐？」

「哼，我高興。」

說著就拿起筷子，把裏頭的料擺得端端正正的，然後開開心心地拿著湯匙舀一口湯頭品味，辣得我全身發麻，特別爽。

徐以恩看著我這樣慎重的樣子忍不住汗顏，「要是妳以後拍自己吃東西的影片搞不好能大紅大紫，我還是第一次看到有人吃東西吃得這麼認真。」

我斜睨她一眼，繼續享用我的午餐。

叮咚——

一組客人推開餐廳大門，使風鈴發出悅耳的鈴鐺聲，在拉麵的熱氣蒸騰間，率先看見的是一雙灰色NIKE球鞋和黑色高跟鞋還有高跟鞋上方的雪紗裙。

NIKE球鞋的主人步伐穩健，拉著步履蹣跚，顯然是不習慣穿跟這麼高的鞋的高跟鞋的主人，熱氣散去，我看見那兩人臉上洋溢著幸福，我的筷子懸在半空，忽然就不想夾菜了。

再來看見的是女生小鳥依人，挽著男生的手。

「李如瀅？徐以恩？你們怎麼在這裡？」文胤崴吃驚地指著我和徐以恩，然後熱切地跟旁邊的杜嫣然介紹徐以恩：「她是我的國中同學，李如瀅的好朋友。」

徐以恩這才反應過來，「噢，妳好。我早上跟如瀅去買參考書。」

「哈哈，看來你們學校壓力也不小。」文胤崴笑，然後特別興奮地拉著杜嫣然的手，朝徐以恩說：「今天是我女朋友社團的成發，剛結束，我就帶她來吃飯，沒想到會遇到你們。」

徐以恩看上去有些尷尬，不知該打發文胤崴還是來安撫我，我的手緊緊握成拳，放在大腿上，臉上依舊帶笑。

「我們就不打擾你們了，你們繼續吃吧。」

他總算是識相地走了，轉身離去前，杜嫣然還略顯尷尬地向我們揮手告別，踩著高跟鞋，歪七扭八地離去了。

我繃緊的身體這才放鬆下來，徐以恩突然把手覆上我那握緊的手，眼神寬和地看著我，沒有多說什麼。我猜她大概也不知該怎麼安慰我，畢竟她看著杜嫣然的眼神也是驚為天人。

我回握住她的手，笑著表示我沒事，然後拿起旁邊的胡椒粉，毫無顧慮地撒了大把大把的胡椒進麵裡，夾起一口，辣得嘴唇都發麻，喉嚨發癢咳個不停，眼淚都湧出來了。

「哎呀！妳是書讀太多了嗎？真想去洗腎？」徐以恩急忙遞給我衛生紙，忍不住叫罵。

「我沒事的。」我用衛生紙摀住嘴，說。

本就沒事的。

爸媽離婚時，他們協議每年過年輪流和我吃年夜飯，去年和爸爸一起過年，今年就要打包行李去臺北跟媽媽聚聚。

小年夜我便提著一個波士頓包搭上往臺北的自強號，我的行囊中只有幾件換洗衣物還有一本小說跟日記。

每逢過節車站總是人擠人，當我和爸爸正在剪票口前等火車時，正巧遇到一個阿姨匆忙穿越剪票口，沒有出示車票，被站務人員攔了下來。

「妳放開我！我趕時間啊！」只見那個阿姨不斷捶打拉著她的站務人員，朝她咆哮著。

站務人員看上去還是個剛出社會的小女生，神色緊張，依舊緊拽著那個蠻橫不講理的阿姨不放，「女士！麻煩出示票證，否則我無法放您離開。」

「哎呀！妳怎麼就講不聽呢？我是老人不是免費嗎？」

「那麻煩您出示身分證件。」

「哎呀！就跟妳說我趕時間嘛！就是有妳這種菜鳥，臺鐵才會越來越差！」

兩人的對話越來越大聲，阿姨不斷想要甩開站務人員的手，朝著她叫罵了好幾聲，就是不拿出證據證明自己免票。

只見站務人員眼底有淚光，卻依舊堅定地不放坐霸王車的阿姨走。

每個人都有自己的難處，可每個人都有自己堅守的正義。

雙方僵持不下，總算有其他人員和警察過來協助那個瘦弱的站務人員，將兩人分開，然後義正嚴辭地要求阿姨出示證件。

我看著站務人員如釋重負的樣子，忍不住莞爾一笑，這個人也許是她第一次接觸的奧客，卻不會是最後一個，時間的淬鍊下也許會讓她變得越發強韌，又也許，她會變得懷疑社會資本，遂如陶淵明，逃離這個險惡的工作環境。

「如瀅，妳要站到什麼時候？火車要來了！」

爸爸的話把我的思緒拉回現實，我趕緊提起包包，跟爸爸告別。

「到了臺北打電話給我吧。掰掰。」爸爸說。

我頷首，用力地向他揮手告別，然後轉身前去剪票，通過剪票口後，轉頭望見爸爸還在原地，依依不捨地望著我。

我忽然感到有些鼻酸，爸爸媽媽對我的照顧無微不至，他們唯一讓我失望過的就是離婚，然而離婚後，他們依舊想盡辦法給予我兩倍的愛，想要藉此彌補我心底的空缺。

我朝爸爸用力揮手，沒害沒臊地大喊：「等我回來！」

我這輩子恐怕再也遇不到比我爸還要愛我的男人了。

幾小時的車程，我把一整張EXO的專輯聽了一次又一次，總算盼到即將到達臺北的提示鈴。

一下車就看見整個臺北車站擠滿了各色人種，趕著返鄉尖峰的南部人、即將休假要狂歡的外籍移工、趁著春節要來臺灣感受農曆過年的觀光客，整個車站像是大雜燴，塞滿了各種食材。

我忍不住思索，像我這麼平庸的人要是落入這熙熙攘攘的人海中，還有人能在成千上萬張面孔中發現這樣庸俗的我嗎？

當我胡思亂想時，手機鈴聲響起，是媽媽的電話，我接起電話，另一頭媽媽的聲音依舊如過往，充滿精神，「妳到臺北車站了沒？」

「到了。」我四處張望地標，然後跟媽媽匯報自己到底身處何方。

約莫五分鐘後，我就看見媽媽穿著套裝，腳踩高跟鞋，發出悅耳的聲音，風塵僕僕地朝我走來，顯然是剛下班。

「餓不餓啊？」媽媽劈頭就問。

我點頭如搗蒜，搭了好幾小時的車，肚子當然餓得受不了。

「好啦！想吃什麼？」

我本想回答，就吃妳的家常菜吧！好久沒吃了。可當我要回答時，媽媽就說：「我剛發年終獎金，就帶妳去吃好料吧！」

我立馬露出燦爛笑容，果然，吃貨聽到「吃好料」三個字就會開心成這樣。

媽媽帶我去離家比較近的百貨公司吃港點，兩個人就點了整整一桌的點心，我還來不及學那些部落客替食物拍遺照，肚子就抗議似地咕嚕叫了起來。

「妳爸是都虐待妳不給妳好好吃飯啊?誰教妳狼吞虎嚥的？」媽媽見我那實在不怎麼好的吃相，忍不住奚落我，也順帶奚落我那遠在故鄉的爸爸。

我嚥下一口奶黃包，說：「還好啦！妳知道的，爸做飯不難吃，偶而我們也會跟王叔叔一家人去吃飯。」

「哈，我之前也滿喜歡吃他煮的飯的。」媽媽突然這麼說，聞言，我頓時停下伸手去夾腸粉的動作，震驚地看著她，她這才驚覺自己剛才似乎說了什麼驚人的話，趕緊侷促地轉移話題：「妳現在考試還是輸給隔壁那個男生哦？他叫什麼來著？胤真？」
這下換我侷促了，我低聲說：「他叫胤崴。對，我也不知道為什麼就是考得比他差。」
我媽今天是怎麼了？怎麼每個話題都有點敏感？
「唉，人家不是從大陸來的嗎？那邊讀書壓力那麼大，之前聽他媽說他好像以前是讀競賽班的，輸給他正常。」
我不語，低頭戳那碗黑乎乎的龜苓膏，突然覺得這頓飯沒那麼美味了。
媽媽又絮絮叨叨地跟我說大學最好來臺北讀書，不是臺大就是政大，反正她現在的房子在板南線上，去兩所學校都還算方便。
「要是妳去清華或交通，我可幫不了妳了。」她語重心長地說。
「要是我的數學考十五級分，我可以考慮去新竹準備當科技新貴，反正清大跟交大的男生也比較多，我也可以早點讓妳抱孫。」我笑說：「可是那是不可能的。」
她笑捶了我一下，又是那句：「還是臺大好。」
可我還不想考慮那麼多未來的事，畢竟現在的我心就亂成一團了，還能再添亂嗎？
吃完飯後，媽媽帶我去逛百貨公司裡的UNIQLO，還不斷嫌棄我的穿著隨便，看起來很像足不出戶的宅女，就差沒有穿夾腳拖逛街了。
其實跟她出來買衣服利大於弊，不愁沒錢買好看衣服，只是她會一直碎碎唸。
「妳也該學學穿點有氣質的衣服，比如裙子，不要整天穿得像個小男生。」她邊說邊領著我去裙裝區，一整架的裙子奪人眼球，其中最引人注目的就是架上模特兒上的黑色雪紗裙。

就是那天杜嫣然穿的裙子。

我著了魔似地拿起那件裙子，然後在我媽的慫恿之下去試穿，我還賤兮兮地跟她借高跟鞋來穿，硬扯些什麼：「明年申請入學面試也要穿高跟鞋，不如現在就練習。」於是我總算是拿齊了那天烙印在我心裡的雪紗裙和高跟鞋，到試衣間更換，只見鏡子裡映照出來的是個妄圖用衣著改變氣質的村姑，我的個子沒有杜嫣然高，雪紗裙穿上去都拖地了，更別提要穿出她那種飄逸的氣質。

我看著鏡中的自己，忍不住咧嘴嘲笑自己，好好掂掂自己的斤兩吧！

卻越笑越覺得臉頰酸澀，直到嘴角再也揚不起來。

我怔忡將雪紗裙脫下，換回自己那件穿得都有些發白的牛仔褲，腳底還是不服輸地踩著高跟鞋，推開試衣間的門，才剛踏出第一步就跌個東倒西歪，無人上前攙扶。

我忽然想起那時杜嫣然腳步也是這樣歪七扭八，身旁卻有個文胤崴伸出臂膀，任她挽著，而我卻什麼都沒有，只好拍拍鼻上的灰，吃痛地走向前，腳步越發穩健，總算不像剛開始那樣步伐不成直線。

我將那條雪紗裙放回試衣間櫃臺，櫃臺小姐還問我：「需要其他款嗎？」

我笑答：「不用了，這個版型不適合我。」

既然不適合就不用強求了。

雪紗裙和高跟鞋固然好看，但終究不是屬於我的。

第十一章　那天青春正盛

寒假就這麼結束了，意味著在學測前我們再也沒有可以完全放鬆的長假，然而開學回到學校大家臉上都沒有即將臨死的沉重表情，一如往常地討論寒假各自幹了什麼有趣的事。

張文茜一如往常，一到學校就拉著我和林書榆聊EXO團綜，依舊是那個花癡迷妹。

面對我不解的表情，張文茜義正嚴辭地說：「古人不是說秉燭夜遊嗎？對我來說追星就像吃飯一樣，有人會因為學測就不吃飯嗎？」

我不由得為張文茜的灑脫肅然起敬，卻忘了有個成語叫「廢寢忘食」。

開學沒多久就是始業考，考題是學測模擬試題，正好給我們這些準考生練習練習。

因為考試題型轉變，學校排名也有了很大的變動，蘇墨雨和三位醫科班的學生都得到了75級分，而文胤崴與四位醫科班還有兩位數資班的學生74級分，我的理科分數沒有文科亮眼，自然14級，數學13級，總級分72級，雖然仍在全校頂標的範疇，總排名也沒有平常段考出眾。

「果然自然組在學測比較佔優勢。」

班上同學在拿到成績單後忍不住嘆。

「所以才要加倍努力啊！負隅頑抗聽過沒？」班導聽到我們這番言論，慷慨激昂地說，還在黑板上寫下大大的「負隅頑抗」，「你們也該開始認真了，不然學校為什麼要把畢旅安排在開學後一週？」

聽到「畢旅」二字，班上同學立刻躁動起來，方才的哀怨就像假象一樣。

不同於其他學校，我們學校為了避免學生在五月還以「畢旅結束再讀書」為藉口來一晌貪歡，就把畢旅安排在二月底。聽說其他私立學校更絕，高二上學期剛分班就舉辦畢旅，同學們都還很陌生，就要同床共枕三天。

班導見我們的反應，清秀的臉都拉長得像是網路上那隻「臭臉貓」，臉上寫的盡是「恨鐵不成鋼」的無奈。

回到家後，我把始業考成績單還有題本收進抽屜，打算等到七月的第一次模擬考前再拿出來複習。

我從書櫃中拿出前幾天才買的八月長安的《暗戀·橘生淮南》，因為臺灣沒有代理，我只好上網買人家的二手書，書封有些皺褶，讓平日獨鍾新印刷的書籍的我有些不習慣。

我快速瀏覽一下書本破損狀況是否嚴重，忽然就翻到某頁夾著一張紙條，像是書摘，上頭只有一行字「我愛你但與你無關」，就像前個主人對這本書，抑或她那段不為人知的感情的告白。

我輕輕拾起這張紙條，然後把它移到第一頁，這句話或許不只是代表著主角洛枳的暗戀，它的背後也曾有個晦澀的故事，也許，它不過是渴望共鳴吧。

我抬頭望向對面窗子。

是啊，我愛你但與你無關。

始業考帶來的低氣壓並沒有持續很久，高二大樓已經瀰漫著畢業旅行的歡樂氣氛，頹廢得讓各科老師都很想罷工。

「我在你們身上看見了什麼叫『及時行樂』。」地理老師在抓到第三個上課滑網拍買畢旅要拍的衣服的人時，忍不住嘆。

其實我猜老師想說的是「行屍走肉」吧？

我打從心底同情他，然後安安分分地在課本上做筆記。

下課老師離開後，剛才被抓到在逛網拍的陳語心放肆地朝杜嫣然喊：「妳這個小王八蛋！明明就是在幫妳挑衣服，怎麼被處罰的是我呢？」

杜嫣然陪笑，「哎呀！語心妳的眼光好嘛！所以挑衣服這種重責大任當然要交給妳呀！」

「妳不會叫文胤崴挑啊？反正妳是穿給他看的。」

杜嫣然像聽到天底下最大的笑話，忍不住大叫：「叫文胤崴挑？我又不是瘋了。我還怕那個傢伙上了大學之後會懶到每天出門就是短褲跟藍白拖。」

聞言，我差點就要把剛要吞進去的水吐出來，就這麼嗆到了，痛苦的咳了好幾聲，然後忍不住哈哈大笑起來。

杜嫣然見我的反應，喜出望外，像隻得到玩具的貴賓狗，欣喜地說：「看來如瀅深有同感，身為文胤崴的鄰居，想必能夠知道他的穿衣品味多差。」

「其實文胤崴就只是懶了點，T-Shirt搭牛仔褲或束褲吧！只是難保他的懶癌到大學是否會惡化。」

此話一出，我們幾人張狂地捧腹大笑起來，要是被文胤崴知道了，他大概也會無奈地笑笑吧。

畢旅就這麼到來了。

學校特別安排我們在學測公布成績當天離開學校，就是希望當高三看到成績瀕臨崩潰邊緣時還要忍受高一、高二的嬉鬧聲。

我身著大學T、牛仔褲，腳底踩著球鞋，梳著一成不變的馬尾辮，拉著小小的行李箱，和平常上學沒有什麼差別。

然而，一進教室映入眼簾的畫面卻令我咋舌。

班上過半數的女生都盛裝打扮，連平常較為學術派的人都褪下厚重眼鏡，換上隱形眼鏡，穿著充滿設計感的服裝，更別提陳語心、杜嫣然這些熱衷於打扮的女孩，臉上化了淡妝，還戴了瞳孔放大片。

我一度懷疑自己是否到了美容美髮科。

我一屁股坐在座位上，看見鄰座的林書榆正在和隱形眼鏡奮鬥，身穿一件連身裙配內搭褲，忍不住說：「書榆，今天打扮得很漂亮哦！」

林書榆敷衍地點頭，突然一個手抖，隱形眼鏡就這麼掉到桌上，她忍不住抱頭大叫：「怎麼那麼難戴啊？我都已經試十分鐘了！」

我忍不住笑她：「現在妳知道美女不好當了吧？」

她斜睨我一眼，然後悻悻地把隱眼放回盒子裡，「哼」一聲，「算了，我才不屑戴這玩意兒呢！」

我被她逗得哈哈大笑，剛進教室的張文茜看見我們嘻嘻哈哈的，立馬湊到我們身邊。

「書榆是準備尋覓第二春嗎？」她劈頭就問。

聞言，林書榆的臉色紅了又綠，綠了又紅，像極了壞掉的紅綠燈，期期艾艾地說：「我、我才沒有！」

我和張文茜交換眼神，都忍不住露出狹促的笑容。

看來答案很明顯了。

我轉個話題，「我剛才進門還以為走錯學校了呢！到底為什麼去個畢旅要打扮得像去相親呢？」

張文茜不敢置信地看著我，好像我剛才說了什麼天大的笑話，誇張地說：「難得可以好好打扮一下，妳難道就沒有想要好好打扮一下嗎？唉，女為悅己者容，妳就沒有想要為他盛裝打扮的人嗎？要是妳之後去看EXO演唱會還穿得這麼隨便，別說妳是我朋友。」

我撓撓頭，嘿嘿一笑。

其實是有的，只是自從穿過那件不合身的雪紗裙後，我更加不敢於嘗試那些會讓我顯得更加俗氣的衣服。

「好了，回座位上坐好！有誰還沒到嗎？」

班導走進教室，一來就是點名，她穿件小洋裝，頭戴一頂漁夫帽，身上行頭跟杜嫣然等人不相上下。

吳睿鈞等人突然就嘻嘻哈哈地喊：「陳致揚又遲到了啦！」

我們立馬環顧四周，確實完全沒看到班上遲到大王陳致揚的身影，都忍不住哈哈大笑起來。

「連畢旅也可以遲到？快點打電話給他啊！」班導大叫：「跟他說等一下我會在遊覽車上好好跟他談談！」

我們沒心沒肺地笑陳致揚完蛋了，等一下就有好戲可以看了。

「除了陳致揚都到了哦？那大家東西收一收，去校門口集合上車吧！」

我們東西上手，趕緊前進校門口。

到了校門口才看到陳致揚風風火火地跑過來，看起來就是睡過頭，連頭髮都沒有整理整齊。

「陳致揚！又遲到！」班導一見他就厲聲大喊。

「老師，路上塞車了。」陳致揚一臉誠懇，抱歉地說。

吳睿鈞馬上拆他臺，沒好氣地說：「你不是坐火車來的嗎？我今天才知道火車也會塞車。」

聞言，班導又好氣又好笑地說：「今天罰你坐我旁邊，幫忙我提行李！」

看著陳致揚憋屈地回答「好」，班上又是一陣哄堂大笑。

在這個小插曲中，我們的畢業旅行也揭開了序幕。

我們的第一個行程是去墾丁，離開城市，一路在省道南下狂奔。

南部的天氣果真如地理課本所說，在這初春時節已是艷陽高照，我望著流轉的路景，耳機播放著歡快的音樂。

車上氣氛歡樂，幾個男生坐在最後面也不顧危險，盤腿坐著打牌賭博，時不時就傳來歡呼聲，女生們嘰哩呱啦聊八卦，都不會累似地。

經過臺南時，班導忽然就從領隊手中拿走麥克風，說：「地理老師要我特別交代你們，記得認真看一下路牌，搞不好明年學測就考這個。」

全車頓時哀鴻四起，大喊：「能不能先不提這個？」

當我們到達墾丁時已是下午一點，陽光正大，熱得人都睜不開眼了。

「比起狂風暴雨，我更討厭陽光普照。」張文茜拿著昨天發的旅遊手冊當扇子搧啊搧，憤憤地說。

身穿長袖大學T的我已是滿身大汗，卻仍是笑說：「別這樣，要是狂風暴雨我們還玩什麼啊？」

「李如瀅我求求妳脫衣服吧！看著妳這身穿著就快熱死了！」張文茜熱得煩躁，硬是要伸手扒我衣服。

我學著被色員外騷擾的小奴婢，扯著嗓子大喊：「變態啊——！」

林書榆被我們兩個惹得哈哈大笑，也加入了扯我的衣服的戰局，我見情況不妙，拔腿就跑，三人就這樣在沙灘上上演最俗濫的你追我跑情節。

「三個瘋婆子！」許航青看見我們三個幼稚的模樣，忍不住朝我們喊。
「李如瀅妳給我站住！」
我回頭朝他們喊：「我好歹也是大隊接力MVP吧？想叫我停，還不如計算我的加速度呢！」
「那妳來個等速圓周運動啊！」
我被他們惹得哈哈大笑，最後還是累得停下來，任憑他們撲上來朝我又拉又拽。
「我脫就是了嘛！不要再騷擾我了！」我被他們弄得又好氣又好笑，只好認命換上白T-shirt。
來到海邊的重點應該就是玩水吧？然而，大人們擔心我們小孩會受傷，就不准學生參加學校旅遊玩水，我們只好坐在沙灘上「望海解愁」。
整個二年級的學生就這樣在沙灘上各自找事做，有人正在為待會的沙灘排球比賽做準備，有人正學著去夏威夷的觀光客做日光浴，有人正童心未泯地堆起沙堡。
我們幾個女生就在旁邊一邊玩沙，一邊碎念到底那些沙雕展的人多厲害。
當我們總算堆出一點樣子時，一陣風吹了過來，這座結構不怎麼結實的「堡壘」就這麼倒了。
「我好不容易堆這麼高！」林書榆抱頭大叫：「我還是第一次深刻體會『風蝕』現象。」
我們只好悻悻然把旁邊的沙挖過來，試圖穩定地基，結果張文茜一不小心用力過猛，整座堡壘就這麼凹了一個洞，我們又是一陣尖叫，最後乾脆一人一巴掌摧毀這浪費了我們十分鐘的東西。
看著堡壘的殘骸，我突然說：「我爸說過一句話。」
「什麼？不挑食才會長高嗎？」張文茜非常不應景地回答，還順道鄙視了一下我的身高。

我白她一眼，逕自說下去：「就是『人性本惡』。」

小時候我爸媽還沒那麼容易起爭執，偶而爸爸放假時就會帶著我們一家人出去玩，夏天時他們總愛去海邊，一家三口邊吃海鮮邊等落日。

那時他們兩夫妻還算恩愛，兩個人在離我不遠的地方依偎著，就像熱戀期的情侶，而我就會像最普通的那種小屁孩在旁邊堆沙堡，把它堆得高高的之後再拿起鏟子往下砸，然後露出邪惡的笑容。

媽媽看到我弄得全身髒兮兮的，立刻衝來幫我拍去身上的沙，然後朝爸爸喊：「李如笙你看看你女兒這什麼鬼德性！李如瀅妳這個小壞蛋，還不自己拍掉沙子！」

相比於媽媽，爸爸顯得相當冷靜，他打開水瓶啜飲幾口，才不以為意地回答：「早跟妳說過《三字經》寫假的，從李如瀅身上就看得出來，人性本惡。」

張文茜和林書榆聽完我的故事後，笑得眼淚都要流下來了，直說：「妳爸怎麼可以一竿子打翻整船人？人性本惡的人是妳吧！妳爸媽絕對沒想到這個混世魔王長大後成績這麼好。」

我白了他們一眼，「你們不懂我為什麼要說這個故事嗎？因為妳們這兩個傢伙居然跟我聯手摧毀堆好的沙堡，清楚體現了『人性本惡』這句話。」

聞言，他們笑得更誇張了。

「我們來拍照吧！」林書榆抹去剛才笑得太誇張流下的淚水，趕緊換個話題。

張文茜舉起相機附和：「對啊！拍完傳Instagram！李如瀅妳到底何時要辦Instagram啊？不然我標不到妳。」

當我們這群年輕人厭倦雜亂的臉書時，國外的社群軟體Instagram就這麼在學生族群中竄起，既可以享受漂亮簡約的版面，又能逃離長輩們在臉書上轉發「長輩圖」。

這時的我們還不知道，幾年後Instagram會充斥著各色「網美」，個個容貌都堪比杜嫣然，幾年後的我們聚在一塊時總會嘆：「可惜當年Instagram還沒那麼流行，否則杜嫣然應該也可以接業配接到手軟。」

「好啦！晚上回飯店再辦！」我答，然後趕緊成拍照隊形，張文茜掌鏡，三個人擺一成不變的剪刀手。

拍完好幾張自拍後，我們去請領隊幫忙我們拍照，三個人就學起網路上那些有趣的照片，一起跳起來，果不其然，每張臉都面目猙獰。

我們後來又拉著班導還有其他同學一起拍照，難得大家都化了妝，照片上除了我清湯掛麵外，其他人可說是爭奇鬥艷。

「宜庭老師正不正？」領隊舉著相機，朝我們問這老梗的問題。

我們故作深思，惹得班導氣急敗壞地大喊：「你們還在意自己的國文成績嗎？」

我們笑得東倒西歪，直答：「正！」

以墾丁的陽光為背景，青春正盛，我們拍了一張張照片，笑得像這世上沒有任何事值得我們憂懼。

突然，七班那幫男生經過我們面前，班上同學立刻就像連續劇裡亂點鴛鴦的群眾，起鬨要文胤崴跟杜嫣然合照。

「文胤崴你追走了我們班的班花，總要給我們班一個交代吧？」連班導也加入了戰局，以長輩之姿揶揄文胤崴。

文胤崴被其他男生拱了出來，面紅耳赤，情急之下就喊：「我去！要什麼交代啊？」

夾在兩班人馬間的領隊頓時領悟了情況，便搓手，道：「不如這樣好了，帥哥你就和班花小女友一起跟老師拍張照吧！以後結婚一定要放這張！」

場面因為領隊的話更加沸騰，班導就拉著杜嫣然走向文胤崴，杜嫣然不情願地喊：「你們這群王八蛋！等你們各自交男女朋友看老娘怎麼修理你們！」

「哇！真是個潑辣的妹子，帥哥以後可要小心哦！」領隊拍拍文胤崴的肩膀，臉上盡是憐憫，惹得大家哈哈大笑。

我在群眾中看著他們表情尷尬，一左一右站在班導旁邊，卻在按下快門時，露出了幸福洋溢的笑容。

不知怎地，我想起了過去仍恩愛的爸媽，在那個午後依偎在沙灘上，如此地甜蜜，如此地令人稱羨，那種我夢寐以求的關係。

晚上吃完飯後，我們得到了自由時間能在墾丁大街上閒晃，夜晚的墾丁十分熱鬧，處處都是穿著時下最潮的服飾，準備參加春吶的人。

我和張文茜、林書榆幾個沒什麼財力的人看見一隻賣一百塊的烤魷魚實在買不下手，只好像是那些最普通的少女，去平價藥妝店逛逛。

「李如瀅妳真的該學學化妝。」張文茜格外誠懇地說：「不然妳這輩子恐怕只能跟小說談戀愛了。」

「哼，跟小說談戀愛好啊！每本的男主角都我的，我還可以連砲灰男二也收編！」我死鴨子嘴硬，說歸說，眼睛還是不經意瞥向那一架粉嫩系的口紅。

張文茜一臉恨鐵不成鋼，只好拉著林書榆繼續看哪個色號好看。

我離開他們，繼續看粉餅和眼妝用品，看得太過專心，鼻子就這樣直直地撞上路人的背脊，疼得我眼淚都要流下了。

「啊！對不起！」路人急忙向我道歉，我抹抹眼睛，抬頭一看，看見自己撞上的是個正好也在看化妝品的美女，而她的身邊也都是美人，顯得我非常格格不入。

我忙擺手笑說：「不要緊，是我的錯。」然後匆匆離去。

我最後還是回到張文茜他們身邊，心底懼怕著獨自一人買口紅的突兀景象。

他們正好在結帳，看到我接近時就是一陣手忙腳亂，張文茜還把一袋東西塞進林書榆的背包，然後朝我乾笑：「妳回來啦？」

鐵定有貓膩。

我沒有戳破他們，答：「嗯，你們要走了嗎？」

他們點頭如搗蒜，然後拉著我離開店裡。

我們三人避開了各種食物攤販，就怕一個不小心被嗅覺給蒙騙了，讓本來就不厚的錢包越來越薄。

「墾丁的物價真是越來越貴了。」林書榆望著隔壁滷味攤的價位，忍不住嘆：「還不如回去學校附近的夜市吃。」

「往好處想，至少就能減少我們購物的慾望，進而減肥。」我笑答。

張文茜勾住我的肩膀，煞有介事地說：「那請我們的經濟學小公主如瀅分析如何振興墾丁經濟吧！」

我蹙眉，認真地回答：「嗯……我認為店家可以提供至臻完美的服務，比如商品精緻化，或是發揮臺灣人的人情味，盡力去幫助客人，這樣客人自然會對店家更有好感。」

林書榆瞇起眼，指著旁邊攤位問：「我看不到那是賣什麼的，按照妳的說法，他應該要服務一下前面那個女生吧！」

我順著她的指示望向前方的章魚燒攤，老闆正悠然自得地聽著搖滾樂，而他的攤子前站著兩個女生，其中一個捂著臉，語帶哽咽：「我真的沒想到出個遊而已也會跟他吵架。」

「沒事的，他只是一時衝動。」旁邊的女生摸摸她的頭，試圖安慰她。

是陳語心跟杜嫣然。

文胤崴和杜嫣然吵架了？

我們三人面面相覷，然後趕緊各自從包包裡尋找面紙，我翻翻找找，總算是找到了一包袖珍包，上前拍拍杜嫣然的肩膀。

她抬頭看我，眼眶濕潤，然而在看見我的那瞬間卻像觸電了一樣，嚇得退後了一步，險些撞上陳語心。

什麼狀況？

「嫣然，妳還好嗎？」我收起驚詫的神色，拿著面紙的手懸在空中，朝她說：「面紙給妳。」

她接過面紙，有些尷尬地說：「謝謝。」

我回以一個寬和的笑容，裝作什麼都不知道地拉著張文茜和林書榆離開。

等到走遠了，張文茜才回過神低聲喊：「不是吧？他們也會吵架！」

我跟林書榆趕緊捂住她的嘴巴，深怕被路人聽到。

「有什麼好奇怪的，夫妻也會吵架啊！」林書榆說。

「可是這兩個人看起來感情一直很好，怎麼突然就吵架了……」張文茜嘟囔。

話題就這麼結束了。

杜嫣然剛才的目光依舊盤旋在我的腦中，短短一秒間，我看見了驚詫、尷尬，以及怨懟……

可是為什麼呢？

第十二章　獨家記憶

也許是因為累了，回飯店的路上我一言不發，看著旁邊的張文茜和林書榆有一搭沒一搭地聊天，偶而也會趁著無人注意的時候，回頭偷瞄隊伍最後，已經恢復精神的杜嫣然熱情地跟旁邊同學交談。

即使我不知道這是否是故作堅強。

回到飯店後我趕緊整理行李然後就去洗澡，洗漱完便放任頭髮半濕，躺在床上看電視。

正在等林書榆洗澡的張文茜見狀便笑罵：「妳真的很懶耶！就不怕老了以後吹風就頭痛嗎？」

我隨口說：「還不知道能不能活到那麼老呢！」說歸說還是乖乖地去拿吹風機把頭髮吹乾。

張文茜也不管我有沒有聽清楚，自顧自說話，吹風機的聲音太大，我也只能含糊聽見什麼男生、喝酒這些詞。

等到頭髮吹乾後，林書榆剛好從浴室出來，用毛巾擦乾頭髮，發現我們都在看她就侷促地說：「看什麼？沒看過芙蓉出水嗎？」

正在喝水的張文茜憋不住，一口水就這麼噴到地毯上。

我也笑得合不攏嘴，忍不住罵：「林書榆妳真的是個認識久了以後用詞越來越神奇的人耶！完全不懂什麼叫客氣。」

「我們不是早就過了客套的時期了嗎？」林書榆無辜地說，然後跟著我拿衛生紙幫忙張文茜整理地毯，張文茜見狀趕緊擺手讓林書榆快去吹頭髮。

收拾完後，我對正在扔衛生紙的張文茜說：「沒想到文茜也有這麼像媽媽的一面。」

林書榆附和：「她可是我們的文茜媽媽呢！」

張文茜聞言，一臉無奈地說：「還不是跟你們在一起，才會讓我這種黃花大閨女瞬間變成大媽。」

說完自己也跟著哈哈大笑起來，我們幾個笑成一團，我笑指林書榆，「問題應該都是出在妳身上，文茜認識越久越像媽媽，妳倒是越來越像小孩，越活越年輕。」

林書榆忙指著我罵：「李如瀅妳是不是書讀太多，近視越來越深啊？我成熟穩重的一面都沒看到！」

張文茜看著我倆一來一往，笑得合不攏嘴。

我們就這麼鬧騰了好一陣子，本來要接著洗澡的張文茜也沒有了洗澡的意思，跟著我們坐下來拆零食來吃，開始聊班上同學的第一印象，腹誹了好幾個同學真的特別會裝。

我們從南聊到北，甚至開始聊各自國中時畢業旅行的經驗。

聊著聊著也累了，我喝了口可樂，望著眼前兩個好友，不知怎地，心底特別柔軟。

「書榆。」我忽然喚她。

「嗯？」她轉頭望我。

「我收回剛才說妳不成熟那句話。」我說，然後盯著可樂瓶裡一顆顆冒起的氣泡，「妳之前面對他的樣子真的很堅強。」

最起碼比我強太多了。

林書榆似乎一下就瞭然了，沒有一副二愣子的樣子問我，那個他是誰啊？而是表情變換得很有過程感，從斂起笑容到抿起嘴，最後又揚起了淺淺的笑，露出了小小的梨渦。

「我當時聽見他跟嫣然在一起時，說實話，真的有一點難過，那時候只是不想讓你們擔心才會這麼說。可是我想了又想，也許我已經可以慢慢從喜歡他的情緒抽離出來，畢竟天涯何處無芳草，何必單戀一枝花。」

她說得如此坦然，眼底竟是溫柔，也許對當時的林書榆而言，那個伸手搭救她，給她一根七七乳加的少年是時光最燦爛的產物，只是他並不能久留，既然如此，只能伸手告別。

我忽然覺得這刻的林書榆特別美。

張文茜聞言，喝了口雪碧，沒有多說什麼，就只是傾聽我們的對話。

林書榆見這沉默的氣氛，便隨口換了話題，「畢旅結束就要準備學測了呢！」

「唉，學測鐵定是每個高中生最大的煩惱，若有更大的肯定就是指考。」我嘆。

張文茜這才插話，「可是對李如瀅而言學測、指考肯定不是煩惱。」

「喂！別把我說得像是走後門的好不好？」我抗議。

張文茜笑，「我的意思不是這個，我只是覺得，妳煩惱的事情不會是這些。」

她想了又想，有些猶豫，過了半晌才開口：「前陣子不知為何感覺妳有點消沉，連段考也沒有考好，因為妳不開口，所以我跟書榆都沒有問，不是我們不關心妳，只是怕過問了，對妳也是二度傷害。」

聞言，我杏眼圓瞪，目瞪口呆地看著他們。

「雖然我們都不知道這樣對不對，但總覺得當時的妳需要自己，而不是我們，好在這陣子的妳感覺好多了，感覺又是之前那個妳。」林書榆接話，眼神比剛才又更溫柔了，只是多了幾分躊躇。

我望著他們，心底除了溫暖有更多的內疚與坦然油然而生。

「你們說得沒錯，那時候我需要的是自己。」我說。

單戀就是和自己的戰爭，無論勝敗都是自己在承擔的。

「可是我現在真的好多了，其實真的沒有什麼事，抱歉讓你們擔心了，也許有一天，我會告訴你們那段時光到底發生了什麼事。」我朝他們笑，無比真誠地笑。

等我凱旋歸來那天，即使我不知道，所謂的勝利到底是什麼？是得到他了嗎？還是真正放下這段感情了？

他們笑，沒有追問，又開了瓶汽水給我，笑說：「我們等妳。」

我接過汽水，內心有些感動，卻又言不由衷，只好抱怨喝那麼多汽水是要肥死我嗎？

我們幾個沒有間斷地聊天，任由電視開著，而電視節目一個接著一個更換象徵著時光的流逝，從芭樂的偶像劇的重播版與首播版到原文的動畫，外頭星光也越來越明亮，夜已深，我們卻像要把時光抓住般馬不停蹄。

總算是說累了，電視已在播放午夜新聞，張文茜這才拿出換洗衣物跟盥洗用品要去洗澡，而我跟林書榆也紛紛跑去刷牙洗臉，躺在床上，因為睏了，有一搭沒一搭地聊天，聊著聊著隔壁也沒有聲響了，起身一看林書榆已經呼呼大睡起來。

徹夜長談的感覺也挺不錯的嘛！我暗忖。

我闔上雙眼，無聲地說：

晚安。

謝謝你們。

隔天我們北上高雄，來到了畢旅必去的義大。

「是不是每所學校畢旅都愛去義大啊？真的是從國小來到高中耶！」一下車，吳睿鈞就沒情調地喊：「而且每次一定要在這個廣場拍照！」

領隊聞言，忍不住大叫：「哎呀同學，這你就不懂了！每次都和不同的人來，感覺當然不一樣啊！」

學校安排畢旅日程安排得不錯，正好義大裡沒有什麼來校外教學的學校，讓我們不用像國中時，一個設施就等了一小時。

還記得國中畢業旅行，我和徐以恩等一幫小夥伴手拉手玩遍了整個遊樂園，徐以恩那個傢伙看起來明明是最貪玩的，沒想到連玩個空中鞦韆也可以尖叫，就連坐摩天輪時，其他人不小心讓摩天輪搖晃也可以眼眶泛淚。

我們都笑她沒骨氣。

如果說徐以恩是個跟外表不符的膽小鬼的話，林書榆正好和她相反，對於什麼遊樂設施都躍躍欲試，害得我跟張文茜陪她排了四次「天旋地轉」。
第四次踏上「天旋地轉」時，張文茜就一臉哀怨地說：「我們為何要一直挑最恐怖的設施？如果是只玩一次就算了，我們已經玩三次，要進入第四次了！」
「我是為了你們好，平常沒有什麼機會舒壓，趁著這次機會一次舒壓個夠呀！」林書榆一副我們不懂她的用心良苦的樣子，還用力嘆口氣。
我忍不住笑，「要是我們等一下彈性疲乏，妳可要負責啊！」
「我告訴妳，要是妳等一下還拉著我們去玩第三次的海盜船，看我宰了妳不？」張文茜撂下狠話，還像個惡霸一樣折手指。
後來林書榆確實沒有拉著我們去玩海盜船，而是把目標放在海盜船旁邊的「飛越愛琴海」，害我們淋得全身溼答答，活像剛游完泳回來。
玩完後，我們興沖沖地去看剛才在設施上的照片，只見螢幕中三個頭髮四散、張大嘴的瘋女人，當時張文茜為了壯膽就拉著我們幾個在設施上大唱EXO那首中二的出道曲〈MAMA〉，沒想到拍出來的效果這麼恐怖。
我們三個指著螢幕笑成一團，最後在工作人員問要不要列印留念時，毅然決然回答：「不要。」
初春高雄的陽光已有些炎熱，曬得我們溼透的衣服暖烘烘的。
多年後我回憶起高中最美好的畫面居是三個傻丫頭坐在義大的廣場旁邊一邊閒話家常，一邊任由陽光帶走一身水氣。

記憶像是有濾鏡的，即便多年後我已經熟悉如何用app修飾照片，卻怎麼也調不出記憶中那個平凡無奇的畫面中閃耀的色調。

玩樂的時光總是過得特別快，轉眼就夜幕低垂，我們帶著對於告別白天玩耍時光的失落感與迎接夜晚悠閒時光的興奮感到飯店放行李。

張文茜一到房間就倒在床上，散漫地說：「等一下能留在房間嗎？我快累死了！」

「當然不行啊！我們還要去搭摩天輪呢！」林書榆嬌嗔，很三八地躺到張文茜旁邊，同樣散漫地抱住旁邊的張文茜。

「那搭完摩天輪總能休息了吧？」張文茜被林書榆抱得煩了，一邊掙脫她，一邊問。

林書榆不放棄，繼續說服她：「還要逛市集啊！」

「我們今天是來當散財童子的啊？」張文茜朝林書榆的腦門敲一記，無奈地問。

我從鏡中一邊笑看他們這對冤家一來一往，一邊細心地梳理頭髮。

林書榆見我動作僵硬地編髮，好奇地湊過來問：「如瀅要綁辮子啊？」

「對啊！早上頭髮濕了又乾，有點亂，我想說綁辮子應該會好一點。」我沒有停下手邊工作，繼續小心翼翼地把手中那一綹頭髮繞過另外一束髮絲，只見鏡中的我的頭髮雜亂，毛燥得不得了，只好不耐煩地鬆開手，煩躁地亂揉自己的頭髮。

林書榆見狀，忍不住說：「唉，妳真是除了讀書什麼都不會，交給我吧！想要橫愛司髻還是螺旋髻？我的手藝絕對會比琦君她姨娘的梳頭阿姨好！」
「橫愛司髻咧！那是上個世紀的流行了！」我笑嗔，卻還是任由她在我的頭上施工。
「衝著妳這句話，我等一下去看外面有沒有賣三花牌髮油！」躺在床上的張文茜也開始背課文的內容，「還是妳要雙妹牌的？」
我們幾個哈哈大笑，林書榆更是笑得手都在抖，惹得我忍不住朝她喊：「小心點啦！否則等一下又要重綁了！」
林書榆替我綁個兩條辮子，最後再把兩條辮子綁在一起，我看著鏡中的自己，有些錯愕。
「哼，就跟妳說我的手藝不錯吧！」林書榆一副得瑟的樣子，躺在床上的張文茜抬頭見我這副模樣也豎起大拇指，讚不絕口：「可以去釣帥哥了。」
「糟糕了，我是不是阻礙了如瀅收編所有小說男性角色的夢想了呢？」林書榆忽然想起我昨天的玩笑話，誇張地倒抽一口氣。
我見他們形容得誇張，忍不住笑了起來，然後再轉頭看一下鏡中的自己，又漾起了更大的微笑。
確認大家的房間都沒有問題後，我們在飯店的餐廳裡集合，因為班級數眾多，便拆成了八個班一個廳。
我們三個和吳睿鈞等男生在同一桌，不用擔心飯菜吃不完，甚至時不時就要去大廳中央盛飯。
班導見我們這桌戰力十足，便把其他桌吃不完的食物都端過來，惹得許航青大喊：「當我們廚餘桶啊？唉，唯女子與小人難養。」

「好嘛！我們就去幫你們盛飯，免得你們吃得太膩。」我笑說。

男生們這才閉嘴乖乖低頭扒飯，而我們幾個女生就開始爭誰要去盛飯，大部分人主張要提議的人去盛，我主張猜拳決定。

最後決定由我跟另一個猜拳猜輸的人一起去盛飯。

我看好戲似地在旁邊看一群女生猜拳，時不時就傳來歡呼聲與哀嚎。

經過幾輪大戰，最後由張文茜得到為男生們盛飯的「殊榮」。

「不要啦——！」她抱頭大喊。

「唉，妳就認命吧！我不也要去盛嗎？」我拍拍她的肩膀，極其認命地拎起鍋子拉著她就走。

我們倆就這樣屁顛屁顛地去大廳中央盛飯，大概是早上跟著林書榆玩一堆刺激的遊樂設施，張文茜已經眼神渙散，我都懷疑她等會兒會不會一臉呆滯地問：「我是誰？我在哪裡？」

我們邊盛飯邊嘟噥早知道就不要跟那幾個臭男生同桌了，除了可以當廚餘桶之外完全沒功能。

當我們盛完要回座位時，猛地抬頭，看見杜嫣然和陳芷珺把手言歡，文胤崴正好迎面走來，兩人別說是肢體接觸了，連眼神交流也沒有，就像老電影場景一樣，擦身而過，鏡頭聚焦在他們上面，模糊了身旁所有人。

而我也像電影中畫面一切，只有小小模糊的人頭的路人，呆望著他們。

來義大的重頭戲想必就是晚上的摩天輪，可以一覽遊樂園的夜景，還能跟同伴們在這三十分鐘的時間創造珍貴的回憶。

還記得國中時和徐以恩等人搭義大的摩天輪，我們全程都在嚇徐以恩，一下用力踏地板讓整個車廂搖晃，一下騙她就要掉下去了，惹得她都大罵我們狼心狗肺。

後來我們也收斂了點，拿起手機就播音樂，搞得好像在ＫＴＶ包廂裡，三十分鐘就這樣過去了，回憶起這短暫的三十分鐘，總是會忍不住莞爾。

這次和不同的人來，想必又是不一樣的回憶。

一宣布解散，林書榆就招攬其他想玩的人組隊，拉著我們直奔購物中心頂樓排隊。

好在我們大隊接力的ＭＶＰ楊家晴腳程快，替我們這些跑到一半就氣喘吁吁的人佔好位子，等到我們到達目的地時，排隊處已經擠滿了人，只見楊家晴在隊伍中段朝我們招手，我們幾個也尷尬地繞過人群去找她。

「我就知道找家晴來是正確的選擇！」林書榆摟著楊家晴的肩膀，看來相當興奮。

「五班『最速女』可不是浪得虛名的。」楊家晴臭屁地回答，惹得我們幾個哇哇叫。

我們這組人除了我和張文茜、林書榆這三個固定班底外，還有楊家晴、薛曉萍、劉亭容，六個人七嘴八舌地聊等一下到了頂點一定要拍照，林書榆還特別推薦下來後要去購物中心的溜滑梯跟溜冰場，只是我們預算不夠，可能晚上還要留下來幫忙收拾，用體力還債。

聊著聊著，隊伍不斷流動著，我們也離摩天輪越來越近了。

正當我們討論等一下還要去哪裡覓食時，前面的工作人員突然喊：「有人落單了，請問後面遊客有誰願意一起組隊嗎？」

聞言，我們幾個紛紛探頭看到底是哪個可憐人落單了，沒想到正好看見蘇墨雨、蕭宇堯還有兩個六班的女生在一塊，而文胤崴在他們旁邊，顯得有些尷尬。

「胤崴你確定不跟我們一起嗎？」蕭宇堯懇切地問。

「唉，兩男兩女組合剛剛好啊！我這樣上去多尷尬啊！」文胤崴擺擺手，「小爺自己搭也好。」

「可是要兩人以上才能搭吧？」其中一個女生諾諾地問。

見狀，劉亭容突然問我們：「為什麼不找嫣然啊？」

我們三個知情的人臉色尷尬，不知能不能告訴其他人文胤崴和杜嫣然吵架的事。

「李如瀅！」

我猛地抬頭，看見蘇墨雨正好叫我，我疑惑地看著他，等待他發話。

只見蘇墨雨拉著文胤崴，朝我問：「妳要不要跟文胤崴搭？」

「啊？」我驚呼。

他逕自轉頭對旁邊的文胤崴說：「這樣就是三男三女了，滿意了沒？」

文胤崴看起來有些侷促，一下轉頭看我，一下張口想要說些什麼。

不等文胤崴回答，工作人員就不耐煩地說：「同學，麻煩快點決定，後面還有很多人在等啊！」

「那李如瀅妳過來吧！這樣不就好了嗎？」蘇墨雨朝我這兒喊，霎時間我就成了眾人目光焦點。

我被群眾投來的目光搞得有些不適，只好摸摸鼻子，轉頭對張文茜他們說：「不好意思，我跟他們一起搭吧！」然後就穿越人群來到隊伍最前頭，看見蘇墨雨嘴角噙著笑，一副得逞了的樣子。

我有些尷尬，只好捶一下文胤崴的手臂，罵：「唉！鬧什麼脾氣？姐這就陪你搭。」

「誰跟妳鬧脾氣啊？」他嘟噥。

旁邊兩個六班的女生正在跟蕭宇堯聊今天去了哪裡玩了什麼，而蘇墨雨在旁邊聽著，不發一語，看起來在思考些什麼，我跟文胤崴肩並肩，沒有任何交談，在這個組合中顯得有些突兀。

眼看上一輪就要結束了，我們六個走到預備區，蕭宇堯等三人看來相當雀躍，蘇墨雨臉上帶著淺淺的笑容，我盯著旁邊面無表情的文胤崴，突然感到有些彆扭。

工作人員朝我們問：「確定六個人嗎？」

正當我們要點頭時，蘇墨雨突然說：「我改變心意了，胤崴你跟李如瀅兩個人搭吧！我、蕭宇堯、柳茵、齊翊綺搭。我實在無法忍受你們兩個尷尬的樣子。」

我不明就裡，要是知道我們會尷尬的話當初就不要叫我來湊數啊！

蘇墨雨突然湊近我，低頭在我耳邊私語，聞言，不住屏息，蘇墨雨的話有如醍醐灌頂，解開了我懸在心中的一塊大石，卻又懸起了另一顆石子。

「那就麻煩妳了，好好玩吧！」蘇墨雨拍拍我的肩膀，然後領著狀況外的蕭宇堯等人前進，從容地朝工作人員說：「我們四個一起。」

工作人員顯然是對我們幾個幾分鐘就變卦了好幾次感到不耐，沒說什麼就讓蘇墨雨等人上去，留下我跟文胤崴面面相覷。

文胤崴如釋重負，低頭對我露出燦爛笑容，「早跟他們說我不想一起了，李如瀅，咱倆好好玩吧！」

我怔忡地點頭，任由他拉著我的背包背帶向前行，踏進摩天輪車廂中。

我們倆面對面坐著，文胤崴張口就抱怨自己的兩個兄弟見色忘友，「這兩個崽子真的不夠意思，不知道我跟六班那兩個女生待在一起會覺得尷尬嗎？」

「他們何時開始好的啊？蘇墨雨不是很少女生朋友嗎？」我問。

「我也不曉得，倒是蕭堯跟那個叫齊翊綺的女生認識很久了，他倆好像跟咱倆一樣，是國中同學。」

我笑得像隻狐狸，一樣？怎麼一樣了？人家蕭宇堯可沒有女朋友呢！他們鐵定不會面對面坐著也感到尷尬。

「那你怎麼會覺得尷尬呢？」

「還不是杜嫣然那個醋罈子，我跟哪個女生好就吃醋。」說起杜嫣然，他忍不住撓頭傻笑，活脫脫就是個熱戀期中的傻小子。

明知問題的答案，我還是忍不住問：「那你為什麼不跟嫣然一起搭？」

文胤崴語塞，臉霎時就垮了下來。

彷彿能看見文胤崴旁邊有個李如瀅，張牙舞爪著，一會兒朝我做鬼臉，一會兒齜牙裂嘴地說：「妳就該趁著這個時候拆散他們啊！」

我見他沒有回答，便逕自轉個話題：「國中畢旅我們也來義大，那時我跟以恩他們一起搭摩天輪時，徐以恩那個沒骨氣的傢伙居然一晃動就嚇得眼眶泛淚，所以後來我們就播音樂唱歌，幾個人吵得不行，下了摩天輪還在唱，害得當時的領隊精神衰弱。」

文胤崴撫手大笑，「我以為徐以恩天不怕地不怕，原來這麼膽小！」他望望窗外景致，突然說：「我們也來播音樂吧！氣氛不錯。」

「說好了，我可不想唱歌啊！」我笑。

他瞥我一眼，「我可不想讓妳的破鑼嗓子傷了小爺的耳。」

我惱怒地捶他一拳，他邊笑邊閃躲我的攻擊，整個車廂就被我們弄得搖搖晃晃，他這才說：「好啦！別鬧了！等一下我們掉下去就好笑了。」

「是誰在鬧啊？」我睨他一眼。

他嘿嘿笑了起來，然後逕自拿出手機，「妳想聽什麼歌？先說好我不想聽韓國歌哦！」

「EXO的歌明明就還不錯！」

他不理會我的抗議，逕自播放起Adele的〈Rolling in the Deep〉，播放到歌曲高潮時還學起Adele飆高音，文胤崴哪有Adele厲害呢？一下子就破音了，一破音就趕緊灌水，然後還是煞有介事地對嘴，惹得我捧腹大笑起來。

「你就別唱了吧！我的耳朵疼啊！」

他心不甘情不願地關掉音樂，「沒跟妳收錢你就該謝天謝地了，居然還嫌難聽？」

「你下次能不能挑首音沒那麼高的歌來唱？」我毫不領情，拿起手機要播音樂，「推薦幾首歌來聽聽吧！」

「Adele的歌都還不錯啊！」

「你是Adele的狂粉嗎？」我笑嗔。

他沒有回話，逕自低頭滑手機，然後笑說：「我猜這首妳應該也會喜歡。」

陣陣鋼琴聲響起，隨即是Adele沙啞的聲線。

I heard, that you're settled down
That you found a girl and you're, married now
I heard, that your dreams came true
I guess she gave you things
I didn't give to you
Old friend, why are you so shy
Ain't like you to hold back
Or hide from the light
I hate to turn up out of the blue uninvited but I
Couldn't stay away I couldn't fight it
I had hoped you'd see my face
And that you be reminded that for me it isn't over

Never mind I'll find someone like you
I wish nothing but the best
For you too, don't forget me
I beg, I'll remember you said
Sometimes it lasts in love
But sometimes it hurts instead
Sometimes it lasts in love
But sometimes it hurts instead yeah

〈Someone like you〉悠揚的旋律在這狹小的空間中縈繞著，我聽著聽著，忽然覺得心頭一緊。歌詞彷若要道出我內心最深的告白般，我忍不住偷瞄對面的文胤崴。

文胤崴靜靜聽著，他別過頭望著窗外夜景，他的睫毛很長，總是清亮，總是一副要與人較勁的眼神此時此刻像蒙上一層紗，沒有平常的犀利，而是柔軟地，輕輕襲入我的心頭。

這就是我喜歡的人。

確實，他讓我失望了一次又一次，曾幾何時，我和他不再並肩而行，我只能望著他和另一個女孩出雙入對，望著他的背影漸行漸遠。

然而，只要他一聲叫喚，我就能重新燃起對這份感情的熱情，重新用那句俗濫的「我愛你但與你無關」自我安慰。

我靜靜望著他，忽然就想起胡蘭成那句「現世安穩，歲月靜好」。多麼希望，往後的歲月也能如現在這樣平靜、美好。

「啊，我突然想到。」文胤崴突然轉頭過來，我倏地別過目光，不讓他發現自己剛才的眼神。

「最近我跟蕭堯在比賽背圓周率，瘋狂到我們數學老師都說：『假如蕭宇堯期末能背到第兩百位，我就要給文胤崴平常成績零分。』」說到數學老師時，文胤崴還特意壓低聲線，學起他們數學老師略帶滄桑的聲音。

我笑得直不起腰，「所以蕭宇堯現在背到第幾位了？」

「四十二位，他現在國文課都不認真聽講，整天只知道3.1415926。」

「那我們班導不就氣得要死了！」

「對啊！我們班讓她氣到以後都不想教自然組了。」

我忍不住哇哇大叫，「天哪！你們居然能讓一個老師就這樣失去教學熱忱，以後叫你們班同學不要在作文上寫什麼科學定理了。」

我們有一搭沒一搭地聊著，轉眼就要到達頂點了。

文胤崴突然像個孩子一樣指著窗子大叫：「李如瀅妳看下面！」

我湊近窗口，映入眼簾的是下方星羅棋布的房舍，燈火通明，有如點點星光般。

「妳不是沒坐過飛機嗎？我覺得坐飛機最好的不是飛上天的時候，平流層頂端有什麼好看的？除了一片藍就什麼都沒了。最美的就是降落時，在高空看著自己生活的土地，看著那片夜景，那才叫感動。」文胤崴興奮地說著，好像一個孩子炫耀自己的玩具，又是洋洋得意，又渴望能與人分享這份喜悅。

我盯著這片景致，突然有些鼻酸，不只是被這片美給震懾了，還因文胤崴一直記得自己說過的話而感動。

前首歌曲已播畢，我打開手機按隨機播放歌曲，陳小春的〈獨家記憶〉響起，特別應景。

我希望你，是我獨家的記憶。

「文胤崴。」我叫喚他。

「嗯？」

彷彿能看見文胤崴旁邊的李如瀅拭目以待的樣子。

「今天能跟你一起搭摩天輪真的很開心。」我誠懇地說：「可是該跟你一起的不是我。」

我看著對面的李如瀅一臉錯愕，張牙舞爪著，朝我大喊：「為什麼？」

我看著她，感到於心不忍，對不起，他喜歡的人不是我，我不能這樣拆散他們。

「妳知道啊？」文胤崴詫異地問。

「嗯，昨天在墾丁時看見她哭得很傷心，看起來很委屈。」

他不語。

「你說過人心總是在變，也許今天喜歡，明天就不喜歡了，可是在我看來你現在就是喜歡她，為何不趁著喜歡她的時候多付出點愛？」我語重心長地說，好像回到了那個雨夜，和他並肩坐在便利商店裡，只是現在角色互換了。

「就算她因為你喜歡烤鴨而撲殺全世界的鴨子……等等，你們不會真為這麼無聊的事吵架吧？」

「傻子才會因為烤鴨跟女朋友吵架啦！」文胤崴氣急敗壞地吼。

我露出狡黠的笑容，「是誰跟我還有徐以恩說要是女朋友為了烤鴨爭風吃醋的話就要分手的？」

「那種鬼話妳也信。」他冷哼。

不就是你說的嗎？我忍不住笑。

「的確是我的錯，我不該就這樣跟她吵起來的，就算……」文胤崴突然停頓了一下，原本直勾勾盯著我的目光就這麼移了位。

我一臉寬和地看著他，轉個話題，「你看這裡這麼美，乾脆等一下帶她來坐吧！」

縱使我希望這能變成我的獨家記憶。

文胤崴看著我好半晌，渙散的目光重新聚焦，目光如炷地答：「好。」

「我喜歡你，是我獨家的記憶。」

陳小春低沉的嗓音不斷在我心頭縈繞著，久久無法消散。

我喜歡你，是我獨家的記憶，只屬於我的記憶。

三十分鐘的乘坐時間就這麼結束了，摩天輪停下的那刻，我本想多待會兒，捨不得離開這裡，面對他又要離我而去的事實，無奈後頭還有很多人等著，工作人員一見停下來就趕我們下來。

感覺就像仙杜瑞拉一到午夜十二點就要回到現實，告別漂亮的禮服、光鮮亮麗的馬車還有如夢似幻的王子。

灰姑娘，妳該醒醒了，王子不屬於妳。

我和文胤崴並肩走到手扶梯前，準備分道揚鑣。

「妳這樣拋下妳的朋友，他們不會生氣嗎？」文胤崴問。

我無奈地答：「蘇墨雨都直接在人群中叫我了，我還能拒絕嗎？」

他忍不住大笑：「哈哈，真不知道墨雨在想什麼。」

他低頭看了下時間，然後轉頭對我說：「我該走了。」

王子要去找公主了。

「嗯。」我揚起笑容，「加油。」

他看著我，笑顏逐開，就像一朵向日葵一樣，綻放著最美的笑容。

他朝我揮揮手，然後逕自走下樓，我看著他的背影，依舊笑著，笑得像個傻瓜一樣，卻覺得臉頰越來越酸，越來越酸，驀地，他突然轉頭朝我大喊：「謝了！李如瀅！今天這個髮型挺適合妳的！」

我的臉突地就紅了，頓時就失去了笑容，眼眶越發酸澀，仍然盯著他的身影，直到再也看不見他，才抱著膝蓋蹲下來。

其實我是知道他們為何吵架的，只是那時蘇墨雨跟我說的時候，我實在是不敢相信，心情也是相當複雜，既是好奇，也有一點點的歡快。

「李如瀅，他們倆是因為妳而吵架的，雖然我不知道對不對，但是冥冥之中，我覺得只有妳能夠幫他們解開誤會。」

蘇墨雨那個混蛋，話怎麼只說了一半……

他們是因為我的什麼吵架的？

而且，什麼叫只有我才能幫他們解開誤會？

我蹲在地上，心情久久無法平復。

第十三章　捕夢

畢旅就這麼落幕了，一回到學校就要面對各科老師如開高鐵的進度壓力，一堆老師一回來就抱怨學校老是把畢業旅行安排在剛開學，殊不知三月底就要段考了，還要高二師生活嗎？

畢旅的喜悅馬上就無縫接軌成對空間向量的厭煩，要是說畢旅的回憶位於ｘｙ平面的話，那麼課業壓力絕對散佈在ｘｙｚ各軸上，連成各種不同的平面，遑論現在即將面對學測，我都懷疑會不會進入四度空間了。

時光飛逝，轉眼就到春暖花開的三月。

說起三月學校的重頭戲就是繁星入學的申請作業，班導一進教室就對我們說：「高三學長姐正在填繁星志願了，雖然我知道你們沒什麼人想靠繁星升學，還是可以試試看啦！我們班不是有全校１％的人嗎？」

聞言，全班目光頓時齊刷刷地聚焦到我身上，吳睿鈞突然就說：「可是到時候肯定是蘇墨雨填臺大啊！然後文胤崴跟李如瀅就要等二輪分發，他們倆還不如直接個人申請還能到更好的科系。」

「哎呀！我就只是說說而已嘛！重點是，你們要考好學測，級分夠高怎麼填都好，你們也別以為指考就好，指考還不是要看學測級分？」班導絮絮叨叨地說：「還想玩的人就趁這學期好好玩吧！等到暑假就要進入戒嚴時期了。」

我忍不住嘆，時間過得真快，三月三日，距離明年學測還剩多少天呢？

我拖著疲憊的身軀回到家門，距離開學都已經過了這麼久，怎麼還沒辦法適應學校的作息呢？

「如瀅啊！」

當我要打開門時，突然有人叫住我，我轉頭一看，原來是文胤崴的媽媽。

我的手離開門把，臉上換上與文阿姨一樣熱情的笑容，「阿姨，怎麼了嗎？」

「早上有人寄包裹到你們家，人都不在家我就先收到我這兒了，等阿姨一下啊！我馬上拿給妳。」

說完文阿姨就立馬轉身進屋，我朝她喊：「沒關係啦！阿姨慢點吧！」也不曉得她聽不聽得到。

文胤崴的迅速鐵定是遺傳的，不出半會文阿姨就出現在我面前，手裡拿著一個包裝精緻的包裹，笑臉盈盈地將之遞給我，「給妳。如瀅也好一陣子沒有來我們家坐坐了，要不要明天來？阿姨有訂一個蛋糕，可是家裡只有三個人，鐵定吃不完的。」

我見盛情難卻，便笑答：「好哇！我明天一定會來的！」

「那太好了，明天我就準備一些北京小吃，好久沒有請你們吃了，明天記得叫上妳爸呀！」文阿姨和文胤崴一樣，笑起來臉上有小小的梨渦，一樣溫暖而燦爛。

我頷首，然後與她告別，抱著包裹心情愉悅地上樓。

我抱著包裹到客廳，沉甸甸的，不曉得裡頭裝了什麼。我把它放到桌上，然後興高采烈地撕開包裝上的膠帶，沒想到一撕，精美的包裝就破了，只好像美國電影裡拆聖誕禮物的小孩，管他三七二十一，把包裝撕個破爛，映入眼簾的是個鞋盒，看起來挺高級的，我訝異地打開鞋盒，裡頭是雙麂皮的高跟鞋還有一張小卡，我仔細端詳內容，果然是媽媽寄來的。

如瀅啊，很抱歉媽媽這幾個週末都要加班，沒辦法帶妳到處吃吃喝喝，替妳好好慶生。過年時看妳對高跟鞋很有興趣，就買了雙高跟鞋給妳，在挑禮物時才赫然驚覺如瀅已經十七歲了，不是以前那個讓媽媽頭痛的小魔王，也許等到明年，媽媽就要送妳項鍊、化妝品那些比較成熟的東西了！

生日快樂，如瀅！

我看著卡片，有些哭笑不得。

媽！您老人家記性真差，我明天才生日，怎麼今天禮物就來了？您這麼希望我早點十七歲嗎？

我嘴角噙著笑容，打開手機要和媽媽視訊，這個時間點她大概也下班了吧！

我就這樣看著自己那胖嘟嘟的臉在手機螢幕上，臉上漾起大大的微笑，等了好半晌總算換成媽媽那張幹練的臉龐，一開口就是那聲不耐煩的「幹嘛？」

「媽，妳記得我幾號生日嗎？」我笑嘻嘻地問，像抓到別人的小辮子的壞孩子。

「四號啊！妳當妳媽傻了？」

我忍不住哈哈大笑，將鏡頭轉成後鏡頭，「那這個怎麼今天就來了？」

只見媽媽張大了嘴，一臉尷尬地說：「明明便利商店那個年輕人就跟我說星期二會到啊！」

「那是妳聽錯了吧！妳一定在趕時間，然後不好好聽人家說話。」

媽媽見我一副壽星最大的樣子，也沒有多說什麼，只是笑著轉個話題，「我這週末有排休，要不要上來找我？」

「好啊！我想要吃上次吃的港點！」

「好好好，讓妳吃個夠。」

我們又隨口聊起今天晚餐吃什麼，媽媽今天沒有加班，想說犒賞自己就烤了半隻雞要給外公、外婆還有阿姨當晚餐，她還很沒良心地把鏡頭轉到那隻烤得油亮亮的雞，惹得我大叫肚子餓了。

聊著聊著也快要七點了，我只好依依不捨地掛上電話，準備回去洗菜等爸爸回來一起煮飯。

我愛不釋手地撫摸那雙嶄新高跟鞋，實在捨不得穿上這雙鞋。希望以後的日子都能如它一樣，充滿驚奇。

隔天一早到學校時，張文茜難得沒有坐在我的位子上和林書榆聊天，而是拉著林書榆到自己的座位寫東寫西，一副趕作業的樣子。

我見他們這樣焦急的樣子，突然玩心大起，放下書包就湊到他們旁邊，不料他們一看到我就急忙遮住桌上明顯不是課本的東西，我忍不住笑，沒有戳破他們，而是相當體貼地假裝要去外面洗手，繞到走廊的洗手臺。

回到教室後我嘴角噙著笑，雀躍地滑起手機看臉書上有誰給我生日祝福，不外乎就是國中、國小的老師，令人意外的是居然還有很久沒聯絡的同學。

我一則一則，認認真真地回覆，即使人家只是說句罐頭般的「生日快樂」，我也相當認真地在下方寒暄幾句。

徐以恩的頭像突然跳出來，我點開對話框，看見她傳了張貼圖，然後說：「今天放學有要幹嘛嗎？」

我回：「文胤葳媽媽請我去他們家吃飯。」

過了良久，她才回了一串刪節號，一副憋屈的樣子。

我忍不住笑，「怎樣？想幫我慶生啊？」

「妳誰啊？憑什麼要老娘幫妳慶生？」

一看就知道她一定著急地打下這段話。

「我們是五年的朋友，妳失憶了嗎？」

「好啦！今天放學公車上不見不散！」

我回傳給她一個小愛心，然後關掉手機，拿出嶄新的《核心單字》來背，臉上滿是笑意，連attribute這個難背的單字現在看來也是十分鮮活，各個字母像有了自己的生命，躍然紙上，舞動著。

也許是生日的緣故，今天的我心情特別雀躍，就連讀書效率也提高了不少，久違地在英文大卷拿下滿分。

老師依照慣例地從一百分往下問分數，當老師說：「一百分的舉手。」時，我得意洋洋地高舉右手，頓時得到了大家驚嘆的眼光。

「Wow！Excellent！」英文老師對我豎起大拇指，笑得極其燦爛，因為班上已經許久沒有出現一百分了。

突然有個人喊：「對啊！今天還是她的生日呢！」

「真假？」老師大叫，然後笑說：「還不快唱生日快樂歌！」

不知是哪個人開嗓，全班就這麼唱起生日快樂歌，中文、英文唱完還打算連西班牙文也要唱。

我害臊地朝大家道謝，「唱得不錯！要是可以的話要不要唱周星馳電影裡的祝壽歌？」

吳睿鈞立刻起立，然後引吭高歌：「恭祝你福壽與天齊，慶賀你生辰快樂，年年都有今日，歲歲都有今朝，恭喜你，恭喜你！」

班上頓時被他惹得哄堂大笑，幾個男生還喊：「粵語版！」

「我只是會唱〈海闊天空〉，你們就以為我會唱所有粵語歌了嗎？」吳睿鈞朝那群起鬨的男生喊。

我笑得直不起腰，再度向他們道謝。

「既然今天是如瀅生日，如瀅又很優秀地考了一百分，那我們就給Dr.如瀅講解吧！」英文老師說。

「不是吧！老師妳不想講解就要丟給李如瀅哦？」許航青忍不住喊。

「唉，偶爾我也想做薪水小偷啊！」

最後我也沒有上臺講解，英文課就在歡笑聲中結束了。

老師一宣布下課，我就慢慢悠悠地收拾桌上文具，忽然，林書榆把一個牛皮紙袋丟到我桌上。

「生日快樂，英文一百分的矮子。」林書榆和張文茜笑嘻嘻地說。

我笑嗔，「英文一百分我認，但矮子就免了。」

「妳趕快拆禮物啦！」

「不要跟我說是鈣片哦！」

我小心翼翼地拆開包裝，不料拆開來居是另一層包裝，而且還是用百貨公司週年慶的商品ＤＭ包的，我哭笑不得地說：「你們以為這是俄羅斯套娃啊？」

張文茜笑得賊兮兮的，用手肘撞了下同樣一臉得瑟的林書榆，「這還不是我們林大才女的傑作。」

她嘿嘿一笑，「正好可以銷一下我們家的廢紙。」

我無奈地繼續拆，果不其然，還有第三層，我嘆口氣，繼續拆，總算在拆了六層後才看到張文茜那有些圓潤的字體，上頭寫著：「好啦！這次是真的！」

觸感很像一本書，還有一個小東西，只要一搖晃就四處滾動，我雀躍地拆開它，居然是一本EXO的伯賢的寫真還有一枝唇膏！

「怎樣？喜歡嗎？這兩個我們都挑超久的耶！」張文茜得意洋洋地說，一副想要得到我的讚美的樣子。

林書榆乾笑，「其實唇膏是我們在墾丁的屈臣氏買的。」

我想起他們當時焦急的樣子，恍然大悟，「難怪你們那時候看到我像看到鬼。」

我仔細端詳口紅顏色，不會太鮮豔，也不是那種很少女的粉紅色，剛好適合健康膚色的我。

「其實我本來想買大紅色，但是怕妳這個家裡只有書沒有化妝品的傢伙出門塗這種會嚇到路人就算了。」張文茜說。

我對她投以一個感激的眼神，真的萬幸啊！

「還有伯賢的寫真。」林書榆雀躍地拿起我桌上的寫真，「這是我們上韓站買的，這個站子拍得特別好，妳一定會喜歡！」

我看著精美如官方製作的寫真，差點就流口水了，邊伯賢真的又帥出新高度了。

張文茜見我這副痴漢的樣子，笑說：「明年我們再買伯賢的娃娃，妳以後也可以寫娃娃兒子日記了。」

我笑得直不起腰。

下次就不能買鹿晗的給我嗎？

「謝謝你們啦！我很喜歡。」我還是沒有說出口，只是道謝，畢竟突然改變他們的認知，他們肯定會嚇一跳。

他們倆笑得燦爛，紛紛抱住我，亂揉我的頭髮，「生日快樂啦！李如瀅！」

我笑著要掙脫，卻還是未果，如果時間能夠停駐，那我希望它能在此稍做停留，一下就好了，留住這個美好的時分。

放學後我一如往常地到校門口等公車，我曾在某本書上看過一句話，「我不企盼日子幸福美滿，對我而言最簡單的幸福就是在平常擁擠的公車上找到一個座位。」不知在這個充滿幸福的日子，能否獲得這般小確幸。

然而天果然不會從人願，當公車緩緩駛進站時，我看見裡頭的人擠得像小學常種的非洲鳳仙花的果實，種子隨時都有可能會爆出來，我頓時感到欲哭無淚，徐以恩啊！我們就不能搭下一班嗎？

好在當公車一停下來，就有許多乘客刷卡下車，我鬆了一口氣，估算了下自己在排隊人龍的中間，應該能順利上車吧？

待下車人潮結束，我從書包裡掏出悠遊卡，好整以暇要上車，突然聽見熟悉的叫喚聲：「李如瀅！妳也搭這班車啊？」

文胤崴在隊伍最前頭朝我喊。

「你怎麼也在這裡？」我驚詫地問。

「早點回家嘛！」他笑說。

上車的人龍不斷前進著，很快地文胤崴也上車了，消失在我的視線中，眼看就要輪到我，當我準備踏上車時，公車司機一臉抱歉地朝我說：「同學不好意思！客滿了，妳可能要搭其他車了！」

我不可置信地看著他，確實，公車上已經沒有任何可以站立的位子了。

我就這麼看著司機關上車門，揚長而去，過程流暢得讓我連反應都來不及。

等等！不是吧？今天不是我生日嗎？所謂的生活小確幸呢？現在校車也都走光了，我還要等多久啊？

我多想仰天長嘆，可是礙於旁邊還有很多同樣無奈的同學，只好摸摸鼻子，自認倒楣地打電話給徐以恩，「以恩，我沒搭上公車，而且還剛好到我時就客滿了。剛好到我哦！」

話筒另一端的徐以恩笑得不能自己，現在的我說有多滑稽就有多滑稽。

「那我要怎麼幫妳慶生啊？可憐蟲。」

我欲哭無淚，這傢伙總算承認今天的目的了，然而我卻只能站在這裡發呆。

「唉，妳乾脆把禮物拿給文胤崴吧！他有上車。」我無奈地說。

「好啦！小可憐！生日快樂！」

「不要再強調我很可憐了……我也覺得自己倒楣到不行。」

或許是下班交通壅擠，原本預計五點半會到站的公車居然六點十分才姍姍來遲，等待的這段時間我不斷想要投書政府請他們在縣內設置U-Bike，好在多年後我這小小的生日願望總算如願以償了。

當我回到家時已經六點半了，天色昏暗，我身心俱疲地把書包扔到客廳沙發上，大剌剌地撲到沙發上。

「李如瀅。」

突然聽見文胤崴的聲音，我立馬一個鯉魚打挺正襟危坐，可惜我不像那些武術選手動作麻利，動作活像殘障的吳郭魚。

我一臉震驚地看著爸爸跟文胤崴一起從廚房走出來，看起來活像一對父子，一人一手紅蘿蔔，準備煮一頓好菜。

我被自己這個幻想給嚇到了，心底卻是漾起一絲絲甜蜜。

「苦逼的李如瀅啊！居然這麼剛好就沒搭上車！」文胤崴戲謔地說。

我睨他一眼，逕自問：「你怎麼在這裡？」

「還不是在等哪個苦逼人回來，剛好李叔叔也要幫忙。」他答。

我再送他一把眼刀。

「好了，如瀅、胤崴，該走了！等一下飯菜都涼了！」爸爸站在劍拔弩張的我們之間，催促我們離開。

我們這才乖乖啟程，我讓位子給爸爸和文胤崴先走，逕自墊後，忽然，文胤崴轉頭問：「怎麼老站在我的背後？」

我被他的問題驚得語塞，一時半刻回答不出來，這是累積已久的習慣，不知何時起，他的背影已成了我青春裡的剪影，就像銘印一樣。

「這樣會讓我懷疑，妳隨時都可能在背後刺殺爺。」

他的話讓我哭笑不得，你果然不懂這個習慣背後的原因。我回嘴：「不用站背後，我也能正面攻擊你。」

他爽朗地笑了起來，沒有回答。

我靜靜望著這熟悉的背影，嘴角像是被人提拉，不住上揚。

到了文胤崴家時，飯菜香撲鼻而來，王叔叔夫婦正忙進忙出，一會兒燒菜，一會兒招呼我們入座。

文胤崴接過爸爸手中的蘿蔔，朝文阿姨喊：「媽，我們帶蘿蔔回來了。」

文阿姨從廚房房門探頭出來，「文胤崴你別呆站在那兒！還不拿過來！」

文胤崴直說「是」，然後乖乖拿著兩根紅蘿蔔進廚房。

我跟爸爸坐在餐桌前，忽然就見桌上一盤糖醋排骨，正好是我最喜歡的菜色，我有些興奮地問：「阿姨也太厲害了吧！怎麼知道我愛吃糖醋排骨？」

爸爸見我如孩子般雀躍的樣子，漾起慈祥的笑容，笑說：「這是我煮的，知道如瀅愛吃就先在家煮了請胤崴帶過來。」

我有些感動，今天那些倒楣的遭遇帶來的負面情感頓時被我拋到九霄雲外，看著王叔叔一家人忙進忙出，端菜、擺餐具，有說有笑地，我忍不住想，這樣的日子真的很幸福，不是這個忙碌的世代追求的「小確幸」，而是人類文明以來最根本的「家」的溫暖。

一餐飯下來文阿姨不停夾菜給我們，一會兒介紹這是哪道北京菜，一會兒說自己用了什麼配方，還語重心長地對我說：「如瀅以後交了男朋友就煮這些菜吧！」

當時我正在喝排骨湯，差點兒就嗆到。

文胤崴見狀忍不住哈哈大笑，「媽，李如瀅恐怕連喜歡的對象都沒有了，哪來的心思交男朋友啊？」

我又喝了一口湯，結果聽到文胤崴的話就切切實實地嗆到了，我痛苦地咳嗽起來，王叔叔見狀就趕緊給我遞衛生紙，爸爸也很體貼地拍拍我的背，我微慍地瞪文胤崴，你是真傻還假傻啊？

文胤崴顯然是發現我的不悅，忙道歉：「抱歉，我不該亂說話害妳嗆到的。」

我氣的不是這個。

文阿姨忍不住罵文胤崴，「哎呀！小兔崽子怎麼就亂說話？趕緊去拿蛋糕出來啦！」

文胤崴這才摸摸鼻子離開餐桌進廚房，文阿姨見他走遠便湊近我，低聲對我說：「如瀅對不住啊！那小子就管不住嘴，看來真的整天招惹妳，阿姨要跟妳道歉。」

我忙擺手，「沒關係啦！文胤崴也沒說錯，我也不該隨便就生氣的。」

文阿姨笑笑，「來，多喝點湯，阿姨煮很久哦！」

「文靜啊，妳這樣叫如瀅等一下哪來的胃口吃蛋糕啊？」王叔叔見狀忍不住笑，眼底盡是寵溺。

「啊，我忘記了嘛！」文阿姨笑嗔。

我頓時覺得自己快瞎了，這兩個年過四十的人居然就在我們面前花式放閃！

回到餐桌前的文胤崴似乎相當了然我的感受，一副無所謂的樣子，淡淡地說：「妳懂我每天看他們的感受了吧？」

我頷首，真沒想到文阿姨也有這種小女人的樣子。

文阿姨笑著捶了文胤崴一下，「臭小子！不是跟你說過不要亂說話了嗎？」

文胤崴吃痛，大喊：「家暴啊！」惹得一桌子的人哈哈大笑。

文阿姨起身收餐具，我見狀便一起把碗疊起來要拿到廚房，卻被文阿姨制止，「怎麼能讓客人動手呢？」

我只好乖乖坐下讓旁邊的文胤崴端起整理好的碗盤，等待他們一家子收拾完餐桌。

不久後他們總算回到座位，文胤崴從旁邊拿出一個盒子，包裝有點熟悉，我一下子就反應過來，指著包裝問道：「這是去年你買的那家桂圓蛋糕吧？」

他沒想到這麼快就被識破，尷尬地嘿嘿一笑，「對啊！被妳發現了！」

「文胤崴你該不會自己愛吃什麼就買什麼給如瀅吧？」王叔叔忍不住笑罵。

「叔叔你不要亂說！李如瀅也很喜歡桂圓蛋糕啊！」他辯解，然後嘀咕：「其實我以為生日吃桂圓蛋糕是臺灣的傳統，不然為什麼李如瀅要在我生日時送我桂圓蛋糕？」

聞言，我們忍不住捧腹大笑起來，爸爸笑得眼淚都快擠出來了，「胤崴啊，你就這麼想要我抱孫嗎？桂圓蛋糕是用來祝人早生貴子的！」

文胤崴啞口無言，恍然大悟，「原來跟大陸一樣啊！」然後又轉頭對我說：「妳不也一樣，叫我早生貴子。」

「那是因為你愛吃啊！」我無辜地喊。

我們你一言我一語，屋子霎時被歡樂的氣氛給佔據了，我很想對文胤崴說，其實桂圓蛋糕在大眾的涵義真的沒那麼重要，對我而言它就是我的一個美好的回憶，在這場名為「青春」盛大的花季中，最好的紀念物。

「好了！開吃吧！」文阿姨分送蛋糕到我們的面前，「祝福如瀅生日快樂！」

我們像是乾杯一樣舉起蛋糕，王叔叔還說：「等一下要一口吞下去哦！」

「你以為我們大家都是大嘴啊？」爸爸忍不住笑，面對這個同事兼鄰居，他可是從來沒有客氣過的。

「好啦！李如笙吃就好。」

我們忍不住笑，這樣看來爸爸跟王叔叔還真像我跟文胤崴。

「兩個幼稚的男人！」文阿姨笑說。

這餐飯就在歡快的氣氛中結束了，我突然有些不捨，是不是每個快樂的時分都過得特別快？就像在大熱天剛得到了一枝冰棒可以消暑，過不了多久就融化了，只剩下手上濕濕黏黏的惆悵感。

「這是徐以恩要給妳的。」文胤崴將一個紙袋遞給我，以恩果然還是跟以前一樣，老愛把東西黏得緊緊的，也不知道到底要不要讓人拆開。

「謝啦！」我笑。

「時間也不晚了，我們也不好意思打擾你們一家子那麼久！謝謝招待！」爸爸拉著我起身，我忙說：「謝謝招待！」

王叔叔夫婦笑答不會，目送我們離開，當爸爸伸手握住門把時，文胤崴忽然朝我喊：「李如瀅！回房間跟我說！」

我回首，一臉不解地看著他，卻還是頷首，答：「好。」

一回到家裡我就倒在沙發，腦中不斷浮現剛才的點點滴滴。

剛才實在太快樂了，快樂得不切實際。

「還不趕快去洗澡？髒兮兮的不要躺在沙發上！」爸爸見我這副散漫的模樣忍不住蹙眉，催我去洗澡。

我翻了個身，覺得跟沙發溫存夠了時才慢悠悠地起身上樓回房。

文胤崴剛才不是說要我回房間跟他說嗎？發生什麼事了嗎？我思考了好幾輪，無奈實在太累了，什麼都想不出來。

我扭開門把，打開房間的主燈，像個行動遲緩的老人慢慢地脫下制服外套，把它掛回衣櫃裡，然後再從衣櫃拿出睡衣，走到書桌前把剛才徐以恩的禮物放下，抬頭時忽然就撞上了什麼，鼻頭有些癢，就像被人用羽毛搔癢一下，我微慍地抬頭一看，驀地發現是一個色彩鮮豔的捕夢網，其中一個羽毛上還綁著一張字條，我好奇地將字條取下來，居是文胤崴方方正正的鋼筆字，上頭寫著「李如三，生日快樂。」

我愣愣盯著這張字條看了好半晌，突然就聽到對面在喊：「不是叫妳回來要跟我說一聲嗎？」

我猛地抬頭，看見文胤崴笑臉盈盈地盯著我，就像一塵不染的蓮花，如此的純粹，如此的美好。

「我請李叔叔幫我掛的，不要以為小爺擅闖閨房啊！」他說：「這是我在墾丁挑的，還不錯吧？」

為什麼要送我這個？

你就是因為這個才跟杜嫣然吵架的吧？

我的腦中浮現了許多問題，最後卻都成了一句略帶哽咽的「謝謝你，文胤崴。」

我很喜歡，真的。

「不要太感動啊！以後晚上不做惡夢，這樣才可以考好成績！」他得意地說：「李如瀅！生日快樂！」

李如瀅，生日快樂。

也許十七歲的開始並不是那麼美好，但我相信在這花樣年華中日子一定會越來越精彩的。

我的淚水在眼眶打轉，朝對面那個笑得好像不畏懼時光流逝的少年用力頷首。

這天晚上我懷著歡快的心思，溜進被子裡，笑著想自己真好笑，捕夢網哪可能過濾惡夢啊？卻還是心存期望地闔上雙眼，進入夢鄉。

我以為我會夢見小時候和父母一同玩耍，或是夢見和徐以恩等人在國中畢業旅行時大鬧義大，或是夢見跟張文茜、林書榆一起去看EXO的演唱會。

然而我只夢見了自己在社區圖書館裡奮筆疾書，跟平常一模一樣，突然有道微光從窗口映出來，照耀到我旁邊的位子上。

是文胤崴。

我們倆沒有開口說任何話，而是各自看各自的書，卻像是心領神會，忽然抬頭，相視一笑。

就像春日裡的陽光，如此的和煦。

原來，最美的夢不過如此。

第十四章　迷路

第一次段考很快又結束了，緊接而來的是一個又一個的學科競賽，學藝股長這段時間也特別忙，三不五時就被教務處叫去集合。

「教務處廣播，請一、二年級各班學藝股長午休時間至教務處前面集合。」

又是一次廣播。

林書榆一聽見廣播就氣得摔筆，直罵：「教務處到底有沒有問題啊？為什麼要把所有學科競賽排在同一段時間？張文茜妳到底為何要推我出來擔學藝這個屎缺？」

說完還是乖乖地整理報名資料，樣子說有多可憐就有多可憐。

張文茜忙哄她，「唉，妳沒看到我都良心不安，所有科都報了嗎？」

不只張文茜，我也報了所有學科競賽，因為每科老師都覺得我是得名有力人選就推舉我參賽。只是社會組參加數理競賽根本就是砲灰，文胤崴告訴我，他們班派出的人馬堪稱黃金組合：數學蘇墨雨、物理文胤崴、化學蕭宇堯，就等著晉級全國賽了。

反觀我們班，數學杜嫣然（就只是因為她那個瞎眼男朋友誤以為她的數學很好）、化學張文茜（答應林書榆要情義相挺）、物理吳睿鈞（剛好國文課睡覺，就被班導叫去參賽作為懲罰了），唯一認真報名的恐怕就是我了，我負責生物。

這個組合能激起什麼水花呢？

班導看見數理競賽名單時笑得合不攏嘴，眼淚都流出來了，笑夠了才一顫一顫地說：「你們當數理競賽是才藝競賽啊？怎麼只有李如瀅是認真參賽的？」

想當然耳，比賽結果相當慘烈。

當自然組同學還在埋頭苦幹時，我們班同學已經拍拍屁股提早交卷走人了，獨留我一人負隅頑抗到最後一刻，仔細思索自己根本不認識的激素到底能有什麼作用。

比賽結束後七班那幾個人依舊緊咬著考題不放，和數資班同學爭辯不休，不知情的人恐怕還以為這幾個歇斯底里的傢伙正在為了幫派榮譽翻臉。

「我告訴你，第五題沒有轉動，只有滑動啊！你想想看……」

文胤崴說得口沫橫飛，比手畫腳，奇怪！我怎麼記得安培右手定律是用在電磁學那塊啊？

我一知半解，也沒有戀棧的意思，繞過他們，逕自離開自習室。

臨走前還聽見幾個醫科班學生的聲音，雖然沒看見人臉也大概知道他們臉上表情是多麼的自負。

「我猜社會組跟二類的看到吉貝素跟離層素一定很傻眼，就乾脆選乙烯了。」

去你的！居然完全說中我的思路！

我輕啐一聲，要不是沒有社會競賽，我一定會讓你們哭著回去找媽媽。

離開自習室不遠就看見杜嫣然正站在柱子旁，儼然就是在等文胤崴，我本想別過目光，裝作沒看見她，卻在移動視線的瞬間和她四目相接，只好略顯尷尬地說：「他還在和同學吵剛才的問題，目前還在古希臘的阿基米德，回到現代恐怕還要一段時間。」

杜嫣然聽得一頭霧水，我只好更具體地說：「他還在講槓桿原理，恐怕會讓你覺得無聊。」

「沒關係，我早就習慣了。」她坦然地笑笑，不多說什麼就走了。

習慣。

我把這兩個字給放大，卻得不出什麼結論，同時覺得在意細節的自己很好笑。

我望著她遠去的背影，心底有種不知名的感受油然而生，難以言喻，只好甩甩頭，逕自轉身離去。

數理競賽結束後，國語文競賽也開始如火如荼地訓練了。

數理競賽結束時班導便義正嚴詞地告訴我們國語文競賽要雪恥，不可以輸在自己的專長上。

國語演說由張文茜出戰，而我負責作文。

不像演說還有朗讀的同學，老師不過交代我多看文章、按時寫幾篇作文就好，還把自己大學時看的散文集借給我看，是南方朔的《有光的所在》。

我接過書本，有些尷尬地問：「這個作者不是很常出現在社會評論版上嗎？說話很犀利吧？」

「唉，我大學報告抽到他時也這麼認為的，但我和妳保證，肯定值得一看。」班導回答，說完便擺手讓我離開。

回到家把東西收拾好後我便下樓幫忙爸爸準備晚餐，到了廚房時爸爸已經洗好菜、備好料了，看見砧板上的番茄量足足是平常的兩倍，我忍不住問：「怎麼今天煮那麼多啊？」

爸爸一邊切番茄一邊回答：「妳文阿姨今天早上回北京了，我想多作一點給王叔叔還有胤崴吃。」

「文阿姨回去了？」我有些詫異。

「聽說好像是娘家有事。」

我沒有再多問什麼，便乖乖去打蛋來炒蛋了。

難得作一回大廚，我的番茄炒蛋色香俱全，我給爸爸試吃一口，他立刻豎起大拇指，讚不絕口，看來味也挺不錯的，然後拿一個保鮮盒讓我裝起來給王叔叔和文胤崴吃。

我就這麼讓爸爸繼續煲湯，逕自拿著番茄炒蛋去隔壁按門鈴。

叮咚——

按下門鈴沒多久王叔叔就面露喜色地推開門，卻在看見我的順見露出失望的神色，也就只有一瞬間而以，馬上又恢復成平日的禮貌。

「如瀅？怎麼了嗎？」

我丟掉剛才的困惑，捧起保鮮盒，朝他笑說：「聽說文阿姨回北京了，所以我們多煮了一點番茄炒蛋給你們吃。」

王叔叔接過保鮮盒，不好意思地說：「謝謝妳啦！只是……」他忽然面露難色，話語就此打住，我似懂非懂。

我沒有接下去問，就只是催促他，「你就收下吧！我煮得也辛苦呀！」

「哇！是如瀅煮的呀！我們一定會全部吃完的。」王叔叔誇張地叫，這才願意好好收下。

我見他不再推託便告辭。

「如瀅！」

正當我轉身要離開時，他突然叫住我。

我轉頭一看，看見王叔叔和藹的笑容，卻總感覺他的笑紋裡藏著什麼心事。

「妳知道胤崴去哪裡了嗎？」

我蹙眉，搖頭表示不知道。

王叔叔立刻又露出了失望的表情，就跟剛才開門的瞬間一模一樣。

我想開口說些什麼，當我要張口時王叔叔便打斷我，「沒關係，我再打電話給他吧！」

我也不好意思多說什麼，就這麼跟王叔叔告別了。

吃完飯後我翻開《有光的所在》作書摘，班導說得沒錯，南方朔的文彩真的很好，光是我喜歡的句子就足夠寫滿一整張筆記。

寫得手痠時，我抬頭看一下對面的窗子，赫然發現漆黑一片，房間的主人到現在都還沒回來。

心底總覺得怪怪的，於是我拿起手機傳訊息給文胤崴。

我快速打下：「快點回來吧！你爸爸擔心你。」

就在按下傳送前，我赫然想起這個措辭不太對，王叔叔對於文胤崴而言真的是爸爸嗎？

我想起剛剛王叔叔笑紋裡的憂愁，頓時覺得有些難受。

我改了下措辭，又多打了幾句。

「剛才看你房間還是暗的就想提醒你一下，趕快回來吧！王叔叔擔心你。」和文胤崴傳訊息總是這樣，不知不覺就多話了。

傳完訊息後我放下手機，繼續讀書，不一會兒一旁的手機就震動了起來。

我打開來看，是文胤崴的回話，就只有一個好字。敷衍了事。

我很想再傳些什麼，但想到他旁邊很可能是杜嫣然，又覺得自己這樣的行為很不值，便又把剛才打的東西給刪除了。

我低下頭看自己的筆記，沒想到就在不知不覺中連不適合用在作文上的句子也抄下了，看著這段文字，不禁露出不置可否的笑容，甜蜜而苦澀。

人生只有初戀時最像詩人，對每一個字，每一句話，甚至每個姿態都敏感至極。

等到我寫完要給班導改的作文，要關燈睡覺時，文胤崴的房間才出現亮光，也只有他敞開房門從走廊透出光的一下子，他關上門後就什麼都看不見了。

我沒有多想什麼就上床睡覺了。

因為冥冥中我總覺得，這不是我可以去插手的事。

隔天午休班導約了她的任課班參加國語文競賽的學生到國文科辦公室練習。

我在課堂時間就把作文交給她，午休時進入國文科辦公室她已經在提點六班的女生演講的竅門，我和張文茜就站在旁邊等她。

大概講得差不多了，班導這才注意到我們，忙招呼我們，「吃飯了沒呀？」

我們頷首。

老師從桌上拿出我的作文，我接過它，發現它完好如初，完全沒有批改過的痕跡。

「我看完了，但是我覺得文章的問題要妳自己找，我只能說，妳的文字是優美的，但有些地方有點冗贅，妳自己斟酌一下。」她把一枝紅筆遞給我，然後指了指辦公室另一端的空位，「妳去坐嘉惠老師的位子改吧！旁邊我想留給書法的同學，不然到時候墨水灑在老師桌上就不好了。」

聞言，我乖乖去嘉惠老師的位子上坐好，而班導則領著張文茜到外面去練習演講，臨走前還提醒我，「等等文胤崴進來了叫他到妳旁邊坐。」

對哦！文胤崴也要比書法。

我頷首，然後繼續埋首於作文之中。

我看著自己的文章，寫的當下沒有什麼問題，真正重新審視時便覺得哪兒都不對，說來可笑，心底居然覺得有點悶。

正當我在考慮是否要將一整段劃掉重寫的時候，一道俊朗的聲音傳來。

「報告！」

我轉頭望向門口，文胤崴正好推開門進來，手上拿著一個盒子，穿著運動服，頭髮有些亂，顯然是剛從球場上回來。

我朝他揮揮手，示意他過來。

他發現我了，便穿過老師的位子，到我旁邊。

「班導叫你坐在我旁邊練書法，她正在教演講跟朗讀的人，可能快下課了才會回來。」

聞言，他便拉開椅子，逕自坐下，然後從盒子裡拿出文房四寶來磨墨，墨香頓時竄入我的鼻腔內，整間辦公室像成了古代的書房般。

我沒有和他搭話，繼續改作文，但總改得不痛快，就是有種自己已經做得不錯了，但是知道一定要改進的矛盾感。

「李如瀅，想個句子讓我練字吧！」文胤崴突然說。

我轉頭看他，宣紙上漂亮的一個「逸」字果真寫得飄逸，就像文字的主人一樣俊逸，文胤崴似乎很喜歡這個字，之前美術課要文字設計，而文胤崴就寫了個書法字的「逸」，被老師表揚，搞得全校的人都知道七班的文胤崴不只會讀書，書法也寫得特別好，而字如其人，飄逸而俊朗。

當時的杜嫣然臉上滿溢著得意的笑容，大家直說能夠跟文胤崴這種男生交往真的是便宜杜嫣然了。

當時的我沒有加入損她的行列，而是緊盯晾著學生作品的牆不放。

不知是巧合還真有人為，牆上的作品居然將年級前四名的作品給放在一起了，而我和文胤崴的作品緊捱在一起。

至今我仍不知道為何要緊抓著這種沒有意義的細節。

我隨口應答：「那就席慕蓉的詩句吧！我喜歡這句。」

我在稿紙的空白處輕輕地寫下，「走得最急的都是最美的時光。」

他接過稿紙，隨口說：「我以為妳會喜歡張愛玲，感覺你們這些女生都喜歡張愛玲，討厭徐志摩。」

「我沒有很喜歡張愛玲。」我又想了想，「然後你沒說錯，我真的不喜歡徐志摩。國中時我代表學校參加作文比賽，但是事前沒有什麼準備，就隨便去圖書館借了本散文集想要模仿他們的筆法，剛好借了《徐志摩全集》，結果非但沒有學到什麼筆法，還氣得把書給扔在地上。」

他正在低頭寫字，沒有抬頭，卻還是饒富興趣地問：「哦？什麼事能讓妳這麼生氣？」

「因為我讀了一篇文章是在寫他的兒子過世了的文章，他把自己寫得像個盡責的父親，寫得像是他沒有拋棄張幼儀，雖然知道他們間的感情是自由戀愛下的砲灰，我還是為張幼儀，為他們早逝的兒子感到不值。」

我說，轉頭看文胤崴時發現他的「最美的時光」五個字寫得歪七扭八的，尤其是「光」的最後一勾像是急煞車的輪胎在地上留下痕跡，寫得用力，還有幾點墨水灑到旁邊。

他嘆了口氣，然後把宣紙給揉成一團，又拿出一張來寫。

我看見他的盒子裡還有其他作品，便指著盒子問：「這是作品嗎？我想看看。」

他聞言把盒子裡幾張摺得四四方方的宣紙遞給我，我打開來看，沒想到看見的不是平常他愛寫的行楷，而是狂草，我都看不清裡頭的字到底是什麼了，卻有種潦草中的美感。

「怎樣？好看嗎？」他有些得意地問。

「是挺好看的。」我仔細端詳裡頭的文字，沒有抬頭看他，總算看懂「風中凌亂」四字。

「昨天我跟杜嫣然留下來練字她也說很好看，只是看不懂在寫什麼。」

我沒有理會他，繼續盯著宣紙，逕自說：「但我總覺得看起來像在發洩情緒，就是那種有苦難言無處宣洩，楷書又像是被箝制一樣，只好寫草書來發洩。」

另一端沒有回覆。

「啊，我也只是說說而已，你不要放在心上。」因為沒有得到回應，我怕文胤崴覺得我自作多情，便急忙地說，抬頭看見他手懸在半空中，眼神是詫異而又有隱忍的悲傷。

我呆呆地看著他，這舉著的手是……？

他放下手，沒頭沒腦地說：「是我爸教我書法的。」

「啊？」我不明所以。

「他第一個教我的字就是『逸』。」他自言自語。

我望著他，像望見了隻受傷的馴鹿，找不到回家的路。

「李如瀅，妳說得沒錯，我確實在發洩情緒。但是對不起，我不想告訴任何人這件事。」他望著我，眼底盡是抱歉與無奈。

冥冥中我猜得出他怎麼了，他鮮少提起自己的父親，我也只能大略知道他爸爸是入贅的女婿，而他在文胤崴小學的時候外遇，跟文阿姨離婚了。

此時此刻我很想擁抱文胤崴，擁抱這隻迷路的馴鹿。

我收緊了拳頭，卻又鬆開了。

可是我沒有那個立場給予他擁抱。

我揚起微笑，寬容而悲傷，「沒關係。文胤崴，加油。」

要加油什麼？我也不曉得。

他對我笑笑，我也不曉得這是否代表著釋然，然後就繼續提筆寫字，他輕輕握著筆，指節分明，連個簡單握筆的動作也有獨特的魅力。

他和往常一樣張口就是臭屁的模樣，「我告訴妳，等等就讓妳看見最美的時光跟最美的字。」

我笑嗔，「可是寫字的人不美啊！」

他沒有理睬，一筆一劃把席慕蓉的詩句寫下來，字體不再歪斜，端端正正，我也不曉得這是否代表著他的心境上的改變。

我看著他露出滿意的笑容，心底也漸漸漾起了一絲絲甜蜜。

「對了，你昨天有吃番茄炒蛋嗎？」我突然想起昨天那鍋番茄炒蛋便問道。

他一楞，「嗯，昨天王叔叔熱給我吃了。怎麼了嗎？」

「那是我做的，好吃嗎？」我笑問。

「真假？我覺得還滿好吃的啊！我昨天還……」他突然頓住，沒有再說下去。

你昨天還怎樣？

我緊盯著他，非要知道答案不可。

只見他別過頭，耳根子很有過程感地紅了起來，低聲說：「以後可以再煮給我吃嗎？」

聞言，我臉也紅了起來，好在他沒有轉過頭來，我刻意平靜聲音，佯裝無事地回答：「當然可以啊！」

即使我知道這只是友情，這不是愛情，卻還是這麼陷下去了。

多年過去，我依舊忘不了這刻縈繞在鼻腔的墨香，還有在安靜的辦公室裡，躁動不安而矛盾的心。

第十五章　Wherever you are

三月很快就過去了，轉眼又來到四月，隨著天氣逐漸炎熱起來，下學期的重頭戲——校慶也於焉展開。

記得高一時，懵懂無知的我們還曾問過當時的班導師：「為什麼運動會叫『校慶暨運動大會』，下學期還有一個校慶呢？」

顯然是每年都有學生問這類問題，班導隨口就答：「翰青是在四月創校的！哎呀！你們只要知道校慶那天不用上課，只管玩就好！」

校慶算是學校給學生們放鬆的大好時光，當天全校停課，學生可以自由運用時間，各個社團也會藉機表演、招生，比如烹飪社就會賣手工甜點，熱音、康輔等表演性社團就會在廣場表演。

一早到學校就看見教室座位上大多只擺了書包，位子的主人都不知去了哪兒。

我一邊啃三明治一邊看班上同學三兩成群地進進出出，還有不少同學朝我喊：「如瀅！走！去打球！」

這時我就會舉起三明治，一臉抱歉地說：「等我吃完早餐吧！」

我慢悠悠地吃早餐，而身為班聯會幹部的陳芷珺穿著班聯會幹服，急匆匆地進教室拿了一包東西，又匆匆忙忙地離開了，熱音社成員杜嫣然則是一到學校就拿出跟百寶箱沒兩樣鼓鼓的化妝包，擺好鏡子，在臉上塗塗抹抹。

我忍不住嘆，做學校風雲人物還真不容易，我還是一輩子做邊緣人好了。

吃完早餐後，我依約到了排球場，難得看到平常體育課都在打混的張文茜和林書榆也在場上，不善運動的林書榆還剛好擊球，只見那顆球軟趴趴的，看起來不太可能過網，居然就這麼擦過網子邊界，恰恰好落到對方球場，讓大家都看傻了。

隊友總算是反應過來，紛紛衝過來抱住林書榆，要和她擊掌，在場邊的我也忍不住大叫：「排球小公主！林書榆！」

場上的劉亭容一看到我便跑過來拉我上場，「借過借過！我們的日向來了！」

我一臉困惑，「啊？日向是誰？」

「如瀅妳居然不知道！是四月新番的《排球少年》的男主角啊！」她不可置信地答，旁邊幾個女生也搭腔：「對啊！我難得這麼喜歡看動漫呢！」

「好啦！我回家就看！」我脫下制服外套，隨意綁起馬尾辮，接過楊家晴遞來的排球，朝他們大喊：「現在我們來演『排球少女』吧！」

可惜我的球技實在不怎麼樣，球不是出界就是沒過網，每次都惹得對面的張文茜哈哈大笑，我猜那個日向鐵定比我強個好幾倍吧。

打得大汗淋漓後，我們幾個結伴到福利社要買冰吃，途中薛曉萍還大喊：「啊！我『那個』來了！可是我還是好想吃冰！」惹得我們哈哈大笑，笑得花枝招展，卻不流於矯情，有著屬於十七歲少女的光芒。

我們一人拿著一根杜老爺甜筒在福利社門口的榕樹下大快朵頤，張文茜這傢伙吃相極其難看，當我們叫她回答問題時，她猛地抬頭，嘴巴旁都是巧克力，看起來活像隻小花貓，我們見狀，不由得笑得東倒西歪。

「真希望每天都是校慶。」楊家晴格外感慨地說。

我笑，「要是每天都校慶，學校不就虧死了？」

他們悶不吭聲，逕自低頭吃冰。

「對了，今天晚上班上聚餐我們幾個坐一桌好不好？」林書榆問。

「當然好啊！」劉亭容爽朗地回答。

楊家晴低頭看了下手錶，突然大叫：「啊！都這個時間了！熱音社的表演好像要開始了！」

「對哦！嫣然昨天不是叫大家都要去看她表演嗎？」張文茜趕緊站起身來，「走了走了！」

我們三兩口解決手上的甜筒，趕緊起身出發，到了廣場時熱音社正在架器材，而杜嫣然身穿熱音社的社服，比起成發那天樸素許多，在旁邊跟社員們聊天。

我們找到班上同學所在位子時，器材也架得差不多了，表演的主持人是班聯會公關長還有副公關陳芷珺，他們一開口自我介紹：「我是今天的主持人，班聯會副公關陳芷珺。」我們便用力鼓掌、歡呼，好像陳芷珺就是表演者一樣。

她見我們熱烈的反應，尷尬地笑笑，然後舉起麥克風，咳了幾聲，「咳咳，我好像感冒了。」

另一個主持人見狀便上前關懷她，「還好嗎？我這裡有伏冒熱飲，妳需要嗎？」
「欸？熱飲？」
「熱飲？」
「熱音！」
他們齊聲喊：「讓我們歡迎熱門音樂社！」
我被這個情境劇給雷到了，只見陳語心在旁邊唉聲嘆氣，「早跟她說過她不適合搞笑了。」
陳芷珺尷尬地退到一旁，而表演者也就定位，電吉他手正在調音，刷了幾下吉他，發出不同於木吉他，專屬於電吉他的金屬音。
主唱是個個子不高的男生，一臉無害的樣子，有些靦腆地說：「大家好，我們是『巧克力麵線』，我是主唱，二年十三班的吳子琁……」
一一介紹完團員後，他接著說：「我們今天要唱的歌是麋先生樂團的〈馬戲團運動〉。」
臺下一陣歡呼，當掌聲漸歇時，鼓手敲了鼓棒三下，樂曲正式開始，前奏相當華麗，吉他手和貝斯手快速刷弦，而鼓聲越來越強烈。
「還是都一樣沒有太多人懂慌張，摀起眼尤其擅長。」
主唱一開嗓就令人為之驚艷，沒想到那個小小的身軀聲音如此洪亮，充滿了爆發性。
整個廣場就像點燃了引信，熱血在這兒爆發，全場同學無論相識與否，都在樂聲下打起拍子、尖叫。
在華麗的演奏下，鼓聲漸歇，吉他、貝斯、電子琴聲戛然而止，歌曲就這麼結束了，觀眾意猶未盡，朝表演者狂喊：「安可！」

主唱又恢復那副靦腆的樣子，笑說：「我向你們保證下一個表演也很好看！」

「下一個就是嫣然了嗎？」林書榆低聲問。

「好像是吧！」

正當我們討論到一半時，杜嫣然和她的團員們就接棒上臺，她笑得甜美，看上去自信而落落大方，「大家好，我們是『回眸貽笑大方』，我是二年五班的杜嫣然。」

一聽到杜嫣然的介紹，班上同學就沒害沒臊地喊：「杜嫣然！我愛妳！」

和上一組一樣，介紹完團員後，她說：「今天要唱的是我很喜歡的一首歌，One OK Rock的〈Wherever you are〉，希望你們也會喜歡。」

聞言，劉亭容忍不住大喊：「天哪！我超愛這首的！」

歌名還不錯，我想。

歌曲前奏只有吉他獨奏，杜嫣然輕輕地開口了：「I am telling you. I softly whisper. Tonight, tonight you are my angel.」

輕柔地，就像耳語一般。

「Wherever you are, I am always by your side.」

歌曲逐漸高亢起來，前方的杜嫣然像是一顆恆星，熱烈地發亮著，燃燒自己的生命。

我頓時沒了一切妒忌，眼前這個女孩就是他的心上人，她是這樣的好，才能讓他傾心而無怨無悔地無論何方都陪伴著她。

我靜靜聽著伴奏聲，腦中不斷盤旋著歌詞：

Wherever you are I always make you smile.
Wherever you are I am always by your side.

校園瀰漫著校慶的歡樂氣氛，看完熱音表演我們又跑去其他地方看看，張文茜拉著我們去看韓流社的表演，聽見EXO、Super Junior等愛團的歌就肆無忌憚地跟著唱起來。薛曉萍向烹飪社訂了許多甜點，她不斷向我們推薦烹飪社的甜品多麼好吃，費了多少工。

「你們知道佳怡嗎？就是那個烹飪社社長，她為了校慶連段考也沒讀，每天十一點到家，只為及時做出這些。你們看看這個杏仁瓦片，成分除了杏仁跟瓦片，還有佳怡他們的心血啊！」她的眼底好像有點點星光，就是那種吃貨看到食物的標準表情。

「等等，成分瓦片是什麼概念啊？」張文茜汗顏。

因為校慶的關係，學校對訂外食也是睜一隻眼閉一隻眼，我們總算不用偷偷摸摸地躲到側門旁的監視器死角，非法交易似地從牆邊的窟窿跟外送人員交易。

面對這份難得能光明正大吃到的麥當勞歡樂送，張文茜誇張地抹抹眼角，「我等了一年，總算可以毫無顧忌地訂麥當勞了。」

「可是明天開始又要倒數一年了。」林書榆極其焚琴煮鶴地說。

校慶就這麼結束了，班導知道我們鐵定捨不得這麼快就要回歸忙碌的校園生活，便舉辦了聚餐。聚餐地點在市區，從學校搭車只要十分鐘就能到了，班導給了我們一小時的緩衝時間，於是班上男生就很瘋狂地決定步行到餐廳。

我們一幫女生則是決定等著搭比較空的班次，一群人七嘴八舌地聊等一下要不要交換菜色，就在這時，一臺白色的小轎車緩緩經過我們面前，搖下車窗，居是班導和提議走路去市區的陳致揚。

「不是吧！致揚你就這樣丟下朋友們？」楊家晴咋舌。

只見陳致揚乾笑，「哈哈，我剛才在班上背單字背得太入迷了，回過神來大家就都不見了，剛好遇到班導就只好這樣啦！」

班導無視我們一群人眼睛都瞪得乒乓球大了，逕自說：「抱歉我的車塞不下那麼多人，待會見囉！」然後關上車窗，揚長而去。

「我去！明天不背國文注釋了！」張文茜憤恨地把手上的寶特瓶往下砸，然後又忿忿地撿起來。

好在正好有臺沒什麼乘客的公車朝我們駛來，否則明天的國文小考恐怕要有一堆人不及格了。

到了聚餐的餐廳時，班上男生已經到了，身上還有一股汗臭味，每個人都在數落陳致揚，「校慶背什麼單字啊！」

「大家都到了嗎？」班導拎著皮夾，從櫃檯回來，劈頭就說：「風紀點名。」

風紀股長立馬起身數人頭，不出半會便點完，對老師說：「還差陳芷珺、杜嫣然。」

「噢，芷珺今天班聯會還要忙，所以就不來了。嫣然等一下一定會來，她跟我發誓過今天不約會。」

班上同學忍不住笑，還有人喊：「乾脆叫文胤崴也一起來好了！」

「叫他來幹嘛？我現在看到他跟蕭宇堯就不高興，就算蕭宇堯圓周率背到兩百位我也會當掉他的。」

班上只有我聽得懂老師的話，逕自笑得東倒西歪，班導見我的反應，問：「妳也知道這件事啊？」

我笑說：「對啊！之前文胤崴有跟我說，他們如果因此被當真的是活該。」

語音剛落，包廂的門被推開，杜嫣然走了進來，身上有點濕，一進來就罵：「外面突然就下雨，該死的，我忘記帶傘了！」

「今天沒約會就沒人幫妳撐傘了啊？」

「怎麼才剛提到文胤崴妳就來了？」

班上同學紛紛揶揄她，惹得她面紅耳赤，潑辣地喊：「都給我閉嘴！」

總算到齊了，服務生很快就一桌桌上菜了，我點了盤青醬海鮮義大利麵，而我們這桌其他人都點了不一樣的餐點，大家約好要分享。

「我覺得亭容點的最好吃。」張文茜又吃得滿臉都是，沒有自覺地大讚劉亭容前的白醬迷迭香雞腿焗飯。

「妳就不能好好吃嗎？」林書榆看著她這副狼狽的模樣，忍不住罵。

我們忍不住哈哈大笑。

正當我要伸手去拿前方的薯條時，班導突然說：「這次恐怕是我們二年五班最後一次全員到齊了。」

我們不明所以，許航青問：「陳芷珺不是沒來嗎？」

「啊，對不起！我忘記她了。」

我們被班導的話惹得哇哇大叫，還說明天一定要跟陳芷珺告狀，以後不要讀國文了。

「好啦！冷靜！」班導把食指放在嘴巴前，我差點兒以為她要說：「最高品質，靜悄悄。」

「誰能打電話給芷珺？我有重要的事要讓大家知道。」

聞言，陳語心立馬回答「好」，然後撥通電話，打開免持，嘟了好幾聲才聽到模模糊糊的陳芷珺的聲音，「喂？幹嘛？」

班導立刻接過電話，「芷珺啊！我是宜庭老師。」

「啊！老師好！」陳芷珺頓時精神抖擻了起來，我們一群人都忍不住笑了，班導更是憋笑得腮幫子都鼓起來了。

「我們現在有重要的事情要宣布，妳有空聽嗎？」

「嗯，正好有空。」

聞言，班導向大家宣布：「那這樣就算到齊了吧？其實老師這次聚餐除了延續校慶歡樂的氣氛之外，還有重要的事想要告訴大家。」她的目光突然轉到鄰桌的杜嫣然身上，「嫣然，說吧！」

霎時，全班的目光都聚焦在杜嫣然身上，只見杜嫣然面露難色，看起來極其困擾，不知如何開口，「嗯嗯啊啊」了好半晌才說：「其實……我下個星期就要去澳洲了。」

「啊？」

班上頓時暴動了起來，人人都想起身發言，我呆望著她，頭上也是一個又一個的問號，而最大的問題居是，那文胤崴怎麼辦？

我明明才剛放寬心想要祝福你們。

「我爸在澳洲工作了好幾年了，好不容易才能全家申請移民，你們也知道我的成績不好，整天都在玩，學測能夠上私立前段學校就該偷笑，哪像你們這群國立頂大的苗子！」她撓頭傻笑，我也不曉得她是否只是強顏歡笑。

「我很喜歡你們這群王八蛋，真的，每次都很煩，老是損我，每次看到文胤崴一定要嗆我幾句，還有今天我上臺的時候，」她頓了一下，有些哽咽地說：「你們為我歡呼，朝我大喊『我愛你』，當下我真的很想拿起麥克風就喊我也愛你們。真的。」

她突然就低下頭掩面大哭起來，身旁的同學們臉上也均有兩行熱淚，我沒有哭，只是和運動會時一樣，看著他們大哭的樣子特別心塞。

杜嫣然絕對是推動我們班團結的一個力量，帶著大家大唱國旗歌、在上課時不著邊際的笑話、跑道上靈動而熱烈地奔馳著，不得不說，沒有她，就沒有現在的二年五班。

「以後千萬不要忘記我啊——！」她語無倫次地大喊，終是毫無顧忌地大哭了起來。

大家紛紛抹抹眼睛，就連陳芷珺也在話筒的另一側嚶嚶啜泣起來。

班導接替杜嫣然把話說完，她星期五就不會來學校了，下星期二就要飛去澳洲。

「大家要好好珍惜相處的時光。說實話，老師也覺得嫣然去澳洲比較適合她，再捨不得，我也要放手讓這孩子去飛，給予最真摯的祝福。」

這頓飯霎時少了歡樂的氣氛，反而多了幾分珍貴感，大家紛紛去和嫣然合影，手把手說好絕對不要忘記彼此。

吃得差不多後，我突然有些尿急，趕緊跑到廁所，上完後推開門看到杜嫣然也正好出來。

我們倆點頭致意，然後就這樣默默地到洗手臺洗手，我望著鏡中的她，下眼瞼紅腫，看來真的很難過。

我想和大家一樣跟她說些什麼，然而我才剛張口，連個音也沒發出來，她就說：「如瀅，對不起。」

「啊？」我有些詫異。

她甩甩手上的水珠，就像說今天早餐吃了什麼一樣流暢地說：「畢旅的時候，妳不是要安慰我嗎？那時我對妳露出了厭惡的表情。」

我忽然想起她那時的表情，詫異、忿忿不平，確實嚇到我了，我佯裝不知情，「啊？有嗎？我早就忘記了。」

她咯咯笑了起來，我不知是真笑還是假笑，只覺有些頭皮發麻。

「其實那時我真的很不想見到妳，因為當時我和胤崴為了妳大吵一架。」

我沉默不語。

她繼續說：「現在想來還真覺得自己有點小氣，憑什麼文胤崴就不能幫自己的好朋友慶生？我又為什麼要遷怒在妳身上？」

她的眼底盡是自責，看得我也有些於心不忍。

「其實，」我說，語氣格外真誠：「要是我，我肯定也會很生氣，搞不好還會打斷他的腿。到底我是女朋友還是她是女朋友啊？妳有吃醋的權力跟理由，真的。」

她愣愣地望著我，好像鬱結了很久的問題總算解決，然後一副要哭的樣子，笑說：「妳才沒有那麼壞心呢！」

「嘿嘿，其實我有一點人格潔癖跟自我中心。」我笑說：「連我這種看似溫和的人都會想要打斷他的腿了，像妳這樣的人不就要把他塞進麻布袋裡打，然後趁著夜黑風高的時候，把他一腳踹進太平洋了嗎？」

她忍不住哈哈大笑，這回我看出來是真心的了。

「如瀅，我爸不喜歡文胤崴。」她突然說，好像打算在今天把所有心事都說出來。

我忍不住蹙眉，能換個地點說嗎？為何偏偏要在廁所談心事？

我還是沒有打斷她，任由她繼續說：「他聽到文胤崴是大陸人的時候氣個半死，非要我分手不可。」

居然是這個原因。

多年後，當我偶然在電視上看到豬哥亮主演的《大囍臨門》，看見里長伯極力反對來自北京的男主角跟自己的女兒結婚時，不知怎地，突然想起了文胤崴和杜嫣然。

「我就實話實說了，希望妳不要介意。」我說，見她沒有反應便繼續說：「男女朋友就是朋友，只是前面多了個字。不是夫妻，沒有領證，沒有契約效力，沒有人能保證妳跟文胤崴是否能走到最後，就算你們結婚了，說不準也會因為婆媳問題、生活習慣差異等原因離婚。但是，父母不問理由地陪了妳那麼多年，也許這天下不是所有父母都好，但是相信妳爸是愛妳的，你們的感情才是長久的。妳不能指望全世界的人都喜歡文胤崴，這樣妳的情敵太多了，即使他是妳爸也一樣，妳不能期待他愛屋及烏地愛妳連帶愛妳的男朋友，我之前在一本小說裡才看過一句話：『愛屋及烏是全世界最愚蠢的事。』」

聞言，她有些詫異，沒想到我不是像其他人一樣替她打抱不平，而是這麼冷靜地向她分析。她就這樣杵在那裡好一陣子，才牛頭不對馬嘴地緩緩開口：「其實我有時候真的很羨慕妳。」

這下換我不明所以了。

「成績又好，人品也好，胤崴總說妳是他的知己，人很有趣，喜歡逗妳。妳知道嗎？每次看到胤崴的好成績，我總覺得自己配不上他，常想，要是我能跟如瀅一樣就好了。」她說。

我笑了。

「可是，文胤崴也不會因為我的成績好就喜歡我啊。我不過只是因為剛好是他的鄰居，剛好有些想法跟他有點像而已，要是其他人來當他的鄰居，大概也能跟他要好吧？」我說：「可是妳不一樣，妳擁有他喜歡的特質，就只是因為妳是杜嫣然，他才會喜歡妳。」

她聽完我的回答，卻沒有釋然的樣子，瞇起眼望著我，活像要看穿我一般。

我被她看得有些緊張，卻又不斷告訴自己，我根本沒做什麼，何必怕呢？手汗卻不由分地滲出來。

好像早有預言似地，杜嫣然張口，「如瀅，妳是怎麼看文胤崴的？」

我嚥了口口水，然後露出自嘲似的笑容，驕傲而可悲。

「好朋友。」我笑得像隻驕傲的公雞，笑眼彎彎，臉頰越發酸澀，「剛才不是說過了嗎？不管我怎麼看他，站在他身邊的都不會是我。」

什麼驕傲？根本就是敗北還自視甚高的公雞吧！

她這才漸漸歛起戾氣，看上去卻比我還要挫敗。

「好了，我們回去吧！搞不好他們準備要結帳走人了呢！」我拍拍她的肩膀，笑說。

她笑答「嗯」，然後我就讓了個位子給她讓她先走，逕自站在她的背後，露出苦澀的笑容。

回到包廂時果不其然，大家已經準備好要收拾回家了，他們見我們姍姍來遲，忍不住叨念：「你們是掉進馬桶了嗎？別以為一個全班第一，一個下禮拜就要飛的人我們就不敢嗆你們哦！」

「你們給我小心一點哦！等我這幾天把兩年的份嗆好嗆滿！」杜嫣然像隻吉娃娃，咬牙切齒地朝其他人罵。

「哇！好恐怖哦！」吳睿鈞煞有介事地大叫，惹得我們的銳氣頓時減了一半，忍不住哈哈大笑起來。

「我結好帳了！」班導拎著包包走進包廂，「大家回家小心哦！到家要在群組上回報。還有，外面在下雨，要記得撐傘。」

我們直說「是」，收拾行李，提起厚重的書包，依依不捨地離開包廂。

外頭大雨滂沱，不少人碎碎唸等一下要淋成落湯雞了，就在這時，外頭有個人撐著一把黑色大傘，小心翼翼地越過水坑，朝店裡奔來。

我認得這把傘。

怎麼能用這麼多年呢？

「杜嫣然！妳男人來了！」班上頓時瀰漫著八卦的氣息，大家紛紛揶揄起杜嫣然來。

杜嫣然沒有像平常一樣朝大家罵，只是愣愣地看著文胤崴推開門，笑嘻嘻地朝她說：「妳又忘了帶傘吧？」

「你怎麼來了？」她呆呆地問。

他嘿嘿一笑，像個正在等待獎勵的孩子，「剛才我跟班上同學一起去吃飯，剛好也在附近，就來找妳了。」

杜嫣然呆望著他，久久說不出話來。

「呆站在那做什麼？走啊！」文胤崴催促她。

杜嫣然這才回過神來，朝我們道別，然後跟在文胤崴的身後，一高一矮的身影逐漸靠攏，文胤崴撐起傘，那把黑色大傘一下就佔據了我的視線，我望著它發呆，望著前方那對情侶有說有笑地漸行漸遠。

我沒有告訴杜嫣然，其實她讓我更羡慕。

她擁有幸福美滿的家庭、姣好的面容，唱歌跳舞都好，性格直爽坦率，能夠坦蕩蕩地告訴文胤崴自己的心意。

而我就只有成績好，相貌平平，只能一臉陰鬱，可憐巴巴地望著杜嫣然和文胤崴。

文胤崴就像那首古老的〈蒹葭〉，寐寤不可得，縱使誠如杜嫣然所言，文胤崴視我如知己，可誰說知己會知彼此心之所向，誰說人最後就會愛上自己的知己？要是如此，伯牙和鍾子期老早就多元成家去了。

「如瀅！該回家了！」

張文茜的聲音將我拉回現實，我「嗯」一聲，然後推開餐廳的門，撐起傘，前方的人早已看不見了，我甩甩頭，不去多想，緩緩踏上歸途。

第十六章　我們一起去臺大吧

杜嫣然在星期五辦了休學，在班上離情依依的氛圍下，離開了校園。

她千交代萬叮嚀不要去送機，凌晨的飛機，要怎麼送行啊？

教室忽然就多了個空位，少了一個上課睡覺、說胡話的身影，少了一個在體育課時慢慢悠悠走操場的身影，少了一個老是擾亂我的情緒的身影。

杜嫣然的離開不僅僅改變了二年五班的氛圍，也改變了我。

杜嫣然離開的那天放學，我一如往常地背起書包就往公車站走，期待待會能有位子坐，忽然就有個人拉住我的書包背帶，我微慍地轉頭瞪身後的人，看到來人是笑嘻嘻的文胤崴，原本要罵的話都哽住了。

「徐以恩的心情好點兒沒？我能不能加入安慰她的行列啊？」他問。

我皺眉，忽然就說不出話來。

不等我回答，他逕自拉著我的書包背帶向前，「快點走啊！妳還想跟上次一樣剛好錯過公車嗎？」

我望著他的背影，心底忽然有個奇怪的想法油然而生。

——他回來了。

後來不知是聽誰說的，文胤崴跟杜嫣然分手了。

曾經引起學校騷動的情侶，如今就這麼散了，不少人感慨少女漫畫般的愛情居然就這麼結束了。

我沒有問文胤崴發生什麼事了，只是如過往一樣，一起通勤，一起聊天。

高二下學期就這麼過去了，轉眼，就來到了高中最精華，也是最累人的暑假。

結業式那天，學校發了一大疊複習講義，還有同學特別跟老師多訂其他版本的講義，然後帶個行李箱來把書裝回去。

我抱著這一大疊書，離開校門，旁邊的張文茜忍不住嘆：「也太快了吧！真的要考學測了！」

「我以前還是很遠的事，沒想到真的輪到我們了。」林書榆附和。

手上的講義增加了面對學測的實感，沉重的不得了。

我的額角滲出了點點汗珠，想要伸手抹去，無奈手上捧著這麼重的書，哪來的手能來擦汗呢？只好任由汗水流過臉上各處，有些辣眼。

「你們想好要讀什麼學校了嗎？」張文茜突然問。

林書榆想了下，然後答：「當然還是希望能上臺清交成政啦！只是可能就要選校不選系了。」

他們轉頭望我，我瞇起眼睛不想讓汗水流進眼睛，見他們這副殷切的樣子，只好面目猙獰地答：「能上臺大是最好啦！只是科系我還是得想一下，估計就是商科吧！文茜，那妳呢？」
張文茜難得沒有平常那樣活力，而是輕輕地，像是耳語一般，答：「我想讀傳播。」
我沒有多想，隨口答：「挺好的啊！搞不好妳以後可以去當陳文茜的接班人了。」
張文茜嘿嘿一笑，「希望如此。」
烈日下，把我們三個像是去西方取經的唐僧一行人曬得汗涔涔的，這是學測的序曲，我知道，痛苦才剛開始而已。

不像往年的暑假，還有可以喘口氣的時間，每天醒來就像跟時間賽跑一樣，不是在圖書館就是在房間讀書，一打開手機能見的不是偶像的桌布，而是大大的「一模倒數〇天」和「學測倒數×天」。

比起國中時，我確實認真了好幾倍，學測是我第一次經歷的國家大考，我也希望第二次是高考而不是指考。

高三生是沒有暑假可言的，暑假第二週我們便要回學校展開第一輪複習，七月底就要模擬考，一進學校連老師也是一臉肅殺，種種跡象告訴我們該努力了。

暑輔第一天早修，班導一進教室沒有點名，而是在黑板最上頭寫下「學測倒數兩百零九天」，然後轉身對正有自覺地埋頭苦幹的我們說：「現在已經沒有掙扎的時間了，除非你們打算再加上一百多天或是一年。第一次模擬考就要到了，還有第二次、第三次、第四次也都快來了，現在就是在和時間賽跑，縱使外面的人老說大學學歷不值錢了，要是你們想要以大學作為自己的最高學歷，那就考上好一點的學校吧！老師以過來人的身分來說，真的，大企業非國立、非臺清交成政不要的，當所有人都只能藉由『履歷』來認識時，那麼學歷就是決勝關鍵了。」

我們邊讀書邊聽班導說，內心有些五味雜陳，說不上來，就是覺得心口很悶。

班導見我們這副模樣，嘆了口氣，然後說：「但是還是不要讓自己累壞了，備考是場耐力賽，要是一開始就衝刺，很容易就後繼無力了。」

備考的時光過得特別快，每天一早起來看見手機螢幕上倒數計時的日子越來越短，總是忍不住嘆光陰似箭，轉眼間，螢幕上便顯示「第一次模擬考剩下0天」。

不像高一、二時還會在床上翻個幾圈掙扎一下，我趕緊下床洗漱，拎起書包，手拿社會科的筆記就下樓了。

一下樓就看見文胤崴靠在門邊的柱子，拿著《基礎地科上冊》，同樣在啃書，看來讀得相當起勁，完全沒有發覺我的出現。

「文胤崴。」我喚他。

他這才回過神來，闔上書，朝我笑說：「走吧！」

一路上我們聊起各自的讀書進度，我感慨地說：「完蛋了，我還沒讀完自然。」

「有什麼好奇怪的？這次模擬考讀得完的是怪物吧！」他毫不在意地回答：「連蘇墨雨都還在牛頓三大運動定律。」

「真的假的？」我驚呼，「就不要他自然考15級分。」

他笑了，沒有答腔。

「那你呢？讀到哪裡了？」我問。

「我跟妳一樣，自然還沒看完，因為第二次模擬考的自然範圍一樣，不如先把要趕進度的幾科看完。」

「現在是九月見真章的概念嗎？」我笑。

他又是那副囂張的樣子，仰頭臭屁地說：「當然，以後都考七十五級分。」

我睨他一眼，逕自說：「總之，今天加油。」

他笑答：「嗯。」

第一次模擬考果不其然，成績沒有很亮眼，甚至比始業考還差，我的文科科科滿級分，然而數學和自然只有十三級，雖然五科皆是頂標，校排名仍舊沒有段考亮眼。

「學測上，自然組比社會組更具優勢。」這句話果真沒錯，全校前二十名全是自然組的學生，蘇墨雨和三位醫科班學生七十五級分，文胤崴還有三位數資班、四位醫科班的學生七十四級分，而社會組考得最好的就是我和隔壁班的何謙，只是校排名已經排到了第二十三名。

我沒有特別難過之類的，只要數學分數再高一點點，臺大商學院應該就能穩穩上了。

然而，我們班因為不理想的分數陷入了一片愁雲慘霧，連平常不皮一下就渾身不舒服的同學都難得沉寂了好一陣子。

我們班頓時像老了十幾歲，甚至在某天自習課下課，明明外頭還是豔陽高照，陳語心就托腮望窗外，嘆口氣，像是鬱鬱寡歡的林黛玉，悠悠地說：「夕陽無限好，只是近黃昏。」

要是之前的我肯定會被雷到，然後吳睿鈞那幫男生就會笑她想太多。

然而，被複習進度壓得受不了的我們一班人此時此刻居然學起她的動作，一起大大地嘆口氣，看著外頭熱情的太陽，忽然想學《牡丹亭》裡的杜麗娘大唱：「良辰美景奈何天，賞心樂事誰家院。」

班導一進教室看見我們這副憂鬱小生的樣子，差點兒就要轉身離開要去請剛好經過的輔導老師進來了。

各科老師把複習進度排得緊緊的，來自各科的壓力就像一顆顆大石，硬生生朝不知所措的我們砸來。

我忽然想起當年基測時隔壁班那個壓力大得因為小事而崩潰大哭的女孩，忽然就懂了她的感受，很想回到當時，拍拍她的肩膀，告訴她：「痛苦會過去的。」

暑假過去了一半，我們依舊每天上六節課，然後再多留兩節課來自習，班上不再充滿活力，死氣沉沉得讓各科老師都懷疑我們是不是被外星人掉包了。

某天，一到學校陳芷珺打開書本就跑廁所，起初我們都以為她只是肚子不舒服而已，直到國文課老師發前一天的考卷，陳芷珺一接過考卷就大哭了起來，然後舉手告訴老師她要去廁所。

老師愣愣地答應她，然後憂心忡忡地問：「有誰知道芷珺怎麼了嗎？」

大家紛紛表示不清楚，只有楊家晴諾諾地舉手，見大家的目光都集中在她的身上，她有些緊張，把手舉得更低了，然後說：「今天搭校車時芷珺就不太舒服了。她說自己一模考得很差，很怕學測也這麼差。」

全班鴉雀無聲，像陷入了冰窖，氣氛降到低點。

班導嘆了口氣，「你們自習吧！家晴，麻煩妳去廁所找芷珺，跟她說我在辦公室等她。」

聞言，大家紛紛拿出原子筆訂正昨天的考卷，看著楊家晴快步離開教室，班導在教室繞了一圈，然後幾近低語，朝我們說：「真的辛苦你們了。」

陳芷珺的崩潰讓班上原先就死氣沉沉的氣氛變得更加低迷，整個早上大家不是睡覺就是讀書，連出教室上廁所也懶，就要貪戀下課十分鐘短暫的睡眠時間。

第三節下課，張文茜過來拉著我跟林書榆出去透透氣，一出教室就伸個懶腰，放大音量：「我們班安靜到讓我覺得在教室裡面說話是件很可恥的事。」

「欸，文茜，外面好熱，我們能不能回教室啊？」林書榆拉拉張文茜的袖子，無奈地問。

「不要啦！陪我曬一下太陽也好，再不看看陽光我可能就要死了。」張文茜反抓住林書榆的肩膀晃啊晃，撒嬌似地求我們留下。

「好啦！正好我今天也需要太陽能。」我學起她的動作，倚在陽臺邊，看樓下的學生打球，七班正好體育課下課，遠遠地就能看見文胤崴和蕭宇堯等人還貪戀在球場的時光，不願上樓面對課業。

「唉，我們班真需要好好打球一下。」林書榆嘆。

張文茜忍不住笑，「以前體育課都不知道運動的好，準備學測了就特別想運動。」

「真的。」我附和。

正當我們在曬日光浴時，張文茜的手機忽然震動了一下，她忍不住大叫：「啊！我又忘記關網路了！等一下流量用完了怎麼辦？」

我賊兮兮地笑她，「這樣也好，這個月就能專心讀書了。」

她睨我一眼，逕自打開手機來看，結果又是大叫：「啊！」

我跟林書榆好奇地湊過去看，原來是班導傳訊息到班群，上頭寫著：「等一下派兩個壯丁下來，我有買pizza給你們吃。」

「也太好了吧！」林書榆大叫。

我也忍不住想要三呼「萬歲」，忽然明白班導在想什麼了，內心有些感動。

午餐時間一到，吳睿鈞跟許航青就衝下樓到停車場替我們拿pizza上來，不到五分鐘就把所有食物拿上來，班導和陳芷珺也笑嘻嘻地走進教室，我們一窩蜂地撲到食物前，班導見我們這副模樣，笑得更燦爛了。

「大家書也讀得累了，今天好好休息，下午自習課我們不考試，大家去球場打球吧！」班導朝我們說。

「謝謝老師！」大家齊聲喊。

我感動地看著班導，多年後回憶起這位老師，總會想起她為班上付出的小細節，在我們無助的時候為我們帶來歡樂，時刻關心每個學生的狀況。

感謝妳，宜庭老師。

這天下午我們果真沒有考試，一敲鐘全班就收拾書包直奔球場，就連平常不怎麼喜歡運動的人也在操場繞圈散步、打球。

積累的壓力總算有了發洩的窗口，我們打得特別盡興，全身大汗也不嫌髒，因為一個人的得分而歡呼，因為一個人發球不過網而大笑，青春好像回到最原本，最純粹的模樣，沒有任何煩憂，只有活在當下的快感。

當暑輔快要結束時，有個颱風襲來，全臺下起大雨，縣政府便宣布停班停課，守在電視機前的我看到消息時差點兒就要起身讚嘆縣長英明，爸爸見我這副興奮的模樣，忍不住潑我冷水，「可是妳還是得複習吧？」

我轉頭咬牙切齒地對他說：「最起碼不用上那些對我沒用的課，可以盡情複習我想看的科目。」

他沒有回話，只有催促我趕緊去洗澡讀書。

當我盥洗完好整以暇要來大戰化學時，突然「啪」的一聲，房間頓時陷入黑暗。

我有些無措，朝隔壁房的爸爸大喊：「怎麼突然就停電了？」

「唉，可能是颱風吹斷了什麼吧！」爸爸無奈的聲音傳來。

我只好悻悻地打開手機的手電筒，決心學習鑿壁取光的精神，然而，有個賊兮兮的笑聲傳來，我微慍地把手電筒指向他，看見文胤崴像是沒有犯規無辜的籃球員舉起雙手，嘴角噙著笑，「李如瀅怕黑啊？」

「你才怕黑。」我啐嘴。

「哈哈，不怕不怕。爺不是在嗎？怎樣？要學習啊？」他笑臉盈盈地望著我，那張笑容似在嘲笑我，卻不流於輕浮。

我說：「本來要讀的，但看到你就不想讀了。」

「唉，妳這樣不行，這樣要怎麼考好成績呢？」他一副恨鐵不成鋼的樣子，然後又說：「算了，正好小爺無聊，可以陪妳聊天。」

我「噢」一聲，擺出一副不領情的樣子，卻還是默默收起化學講義，把手電筒擺正，對他說：「你也拿個手電筒吧！不然我都不知道是不是在跟鬼說話了。」

「哈哈！誰是鬼啊？」他笑，卻還是認分地拿出手電筒，學我將手電筒擺在一旁，照著自己，微光中露出半張面容，還真有幾分情調。

「複習得怎麼樣了？」他開口就是這個問題。

我隨口答：「嗯，還行吧！最起碼自然都快看完了。」

「哇！真是太恭喜妳了！」他煞有介事地鼓掌，「看來下次數學跟自然能夠突飛猛進。」

「誰知道呢？」我笑，「要是數學沒有十四級，臺大商科就不用玩了。」

「妳想上臺大商科？哪個系？」他饒富興趣地問。

「目前是打算上財金或經濟啦！雖然我知道經濟是社科院的。因為我的經濟學不錯，可惜數學就沒有那麼理想了。」說到此，我忍不住嘆了口氣，數學果然還是我的罩門。

他見我這副委屈巴巴的模樣，「噗哧」一聲笑了，突然說：「妳還記得國中第一天我對妳說了什麼嗎？」

聞言，我立馬正色，我當然記得，那天的畫面還烙印在腦海裡，是我最珍貴的回憶之一。

「我跟妳說，我想上翰青，妳還一臉不信的樣子！」他委屈地朝我喊。

我侷促地答：「如果有個你根本不知道成績如何的人跟你說他要上臺大，你鐵定也會是這個表情啊！」

「然後隔天我的數學跟理化就考了全班第一，妳當時說有多吃驚就有多吃驚，可是我的社會成績實在太差了，我就想到，對哦！我還有個校排第一的鄰居，就決定跟妳互相學習，我教妳數理，妳教我文科。」

「結果我們現在根本就是把技能點無限放在自己擅長的科目上，說！你上次十四級的是社會，對吧？」我忍不住插話，和他一樣笑得張狂。

「是又怎麼樣！」他像個被抓到小辮子的孩子大叫，就像課文裡的孔乙己，臉紅脖子粗。

我笑著望他，笑而不語。

好希望現在繁星點點。

「自從跟杜嫣然分手後，學習就成了我的生活重心了。」他突然說。

我一震，傻望著他，忽然著了魔似地問：「你們怎麼分手的？」

他大概老早就知道我會問，就像背元素週期表一樣自然地回答：「其實就算現在不分，遲早會分的。」

文胤崴說，杜嫣然辦休學的那天他陪著她回家，一路上杜嫣然絮絮叨叨著辦移民多麻煩，而文胤崴只是無奈而寵溺地笑笑，告訴她自己當初來臺灣也很麻煩，所以他懂。

等到了杜嫣然的家門口時，杜嫣然突然哭了。

文胤崴侷促地找衛生紙要給她擦眼淚，無奈書包裡只有運動毛巾，而且還是早上體育課用過的，只好作罷，任由她哭。

「胤崴，你會想念我嗎？」杜嫣然哭著問。

文胤崴肯定地回答：「想啊！當然會想。」

然而杜嫣然卻不領情，淚眼直勾勾地盯著他，執拗地說：「我不信。」

有什麼好不信的？文胤崴不解，難道要寫張契約才會相信嗎？

他只有像平常一樣，輕輕地摸杜嫣然的頭，想要藉由最原始的肢體接觸來讓她安心。

杜嫣然撲進他的懷裡，忘情地大哭，「我真的好怕，好怕你有天會離開我。你太好了，好到我覺得自己配不上你。」

文胤崴忍不住皺眉，不就是妳離開我的嗎？

他輕輕拍拍杜嫣然的背，就像安慰失措的嬰兒一樣柔聲地說：「別哭。」

這是他們最後的對話，桃園機場離這裡太遠了，更何況杜嫣然的爸爸不可能會讓文胤崴來送行。

杜嫣然到澳洲後還是每天都傳訊息給文胤崴，說說附近有什麼美景，有什麼美食，上次那個袋鼠肉臭得要死，沒想到吃起來那麼好，改天一定要一起去吃。

起初文胤崴都會像過去一樣一則一則認認真真地回，然而考試近了，文胤崴和蘇墨雨又要代表學校參加全國數理競賽，自然而然回覆的頻率也沒那麼高了。

「胤崴，我累了，我覺得只有自己在經營這段感情，一頭熱地打了這麼多話，卻只有得到你敷衍的回覆，我也很累啊！這邊語言學校要準備好多好多東西，我的壓力就不大嗎？對不起，我們還是分手吧。」

某天，杜嫣然傳了這麼一則訊息。

文胤崴看著手機發呆了好幾分鐘，明明一些只要擁抱就能解決的問題，為什麼藉由網路就變得那麼複雜呢？他看著訊息，五味雜陳，卻還是只輕敲了一個字「好」。

就這麼散了。

我聽完文胤崴的話，想說點什麼，最後還是開口：「文胤崴，你喜歡杜嫣然嗎？」

他一楞，沒想到我會這麼問，隨即又正色，「嗯，曾經喜歡過。她有很多值得我喜歡與學習的地方，她的正直跟善良我都很喜歡——不過那已經是過去式了。」

我並沒有因此覺得不舒服還是怎樣，突然很慶幸，他並不是個薄情的人。

「感情本來就是要兩個人一起經營，否則流於單戀，那會多麼難過啊！」我說，眼神忽然就黯淡下來了，「你對她很好，我們都有目共睹，遠距離本來就難經營，何況你們分隔南、北半球。我可以理解嫣然的想法，真的。」

尤其是你太好了，好到讓我覺得自己配不上你。

張愛玲那句話怎麼說來著？

遇見你，我變得很低很低，一直低到塵埃裡去，但我心裡是歡喜的，並且在那裏開出一朵花來。

文胤崴靜靜地看著我，不發一語。

他突然沒頭沒尾地說：「李如瀅，我們一起去臺大吧。」

好像回到國中時，那個囂張跋扈的臭屁少年朝我笑嘻嘻地說：「那我就去翰青吧！」

我不明所以地看著他，只見他笑顏逐開，「還不回答嗎？」

「好。」我想都沒想，堅定地回答。

回想起這夜，我總會多情地想，星星是因為害羞而躲了起來，留厚厚的烏雲表示抗議，而月亮，我想，無論它在不在，我都認為這是個美好的夜晚。

——因為與良人共度。

【路過你的時光漫漫：傷秋　完】

要青春53　PG2302

要有光
FIAT LUX

路過你的時光漫漫：傷秋

作　　者	絢　君
責任編輯	喬齊安
圖文排版	林宛榆
封面設計	恬　恙
封面完稿	蔡瑋筠

出版策劃	要有光
發 行 人	宋政坤
法律顧問	毛國樑　律師
印製發行	秀威資訊科技股份有限公司 114台北市內湖區瑞光路76巷65號1樓 電話：+886-2-2796-3638　傳真：+886-2-2796-1377 http://www.showwe.com.tw
劃撥帳號	19563868　戶名：秀威資訊科技股份有限公司 讀者服務信箱：service@showwe.com.tw
展售門市	國家書店（松江門市） 104台北市中山區松江路209號1樓 電話：+886-2-2518-0207　傳真：+886-2-2518-0778
網路訂購	秀威網路書店：https://store.showwe.tw 國家網路書店：https://www.govbooks.com.tw
總 經 銷	聯合發行股份有限公司 231新北市新店區寶橋路235巷6弄6號4F 電話：+886-2-2917-8022　傳真：+886-2-2915-6275

出版日期	2019年9月　BOD一版
定　　價	300元

Printed in Taiwan

國家圖書館出版品預行編目

路過你的時光漫漫 : 傷秋 / 絢君著. -- 一版. -
- 臺北市 : 要有光, 2019.09
面 ;　公分. -- (要青春 ; 53)
BOD版
ISBN 978-986-6992-21-6(平裝)

863.57　　108013651

讀者回函卡

感謝您購買本書，為提升服務品質，請填妥以下資料，將讀者回函卡直接寄回或傳真本公司，收到您的寶貴意見後，我們會收藏記錄及檢討，謝謝！
如您需要了解本公司最新出版書目、購書優惠或企劃活動，歡迎您上網查詢或下載相關資料：http:// www.showwe.com.tw

您購買的書名：____________________

出生日期：________年________月________日

學歷：□高中（含）以下　□大專　□研究所（含）以上

職業：□製造業　□金融業　□資訊業　□軍警　□傳播業　□自由業
□服務業　□公務員　□教職　□學生　□家管　□其它_____

購書地點：□網路書店　□實體書店　□書展　□郵購　□贈閱　□其他

您從何得知本書的消息？

□網路書店　□實體書店　□網路搜尋　□電子報　□書訊　□雜誌
□傳播媒體　□親友推薦　□網站推薦　□部落格　□其他__________

您對本書的評價：（請填代號　1.非常滿意　2.滿意　3.尚可　4.再改進）

封面設計____　版面編排____　內容____　文／譯筆____　價格____

讀完書後您覺得：

□很有收穫　□有收穫　□收穫不多　□沒收穫

對我們的建議：____________________

____

____

____

請貼
郵票

11466
台北市內湖區瑞光路 76 巷 65 號 1 樓

秀威資訊科技股份有限公司 收

BOD 數位出版事業部

....

（請沿線對折寄回，謝謝！）

姓　名：____________　年齡：________　性別：□女　□男

郵遞區號：□□□□□

地　址：________________________

聯絡電話：(日) ____________ (夜) ____________

E-mail：________________________